がんばったね! かいちゃん

心の病に勝利した彼女の生きた証し

住田貴子
Sumita Takako
伊達弘幸
Date Hiroyuki

風詠社

はじめに

令和元年（二〇一九年）六月十六日、早朝に一人の女性が、五十四年の人生を全うして、天国へと旅立ちました。

彼女の名前は、﨑 佳世子（さき・かよこ）。この本を共同で執筆した私（住田貴子）の実姉です。

私は長年、姉のことを嫌っていました。彼女のせいで自分の青春も家族もめちゃくちゃにされたと思っていたからです。確かに姉は思春期のころから、どんどん精神的に病んで、おかしくなってしまい、家族はおろか、周囲との関係もむちゃくちゃにし、自分の世界のなかにひきこもったまま三十年以上も、孤独と苦しみの毎日を過ごしていたのです。

誰もが、彼女にかかわることなどとても無理だと感じていました。

しかし、そんな彼女が天に召されるまでの少なくとも十年の間に、いろんなことが祝福に変えられ、素晴らしい出会いと回復が与えられ、彼女自身の心までが大きく変えられたのです。

このようなことになるとは、本人はもとより、家族の誰一人として予想さえしなかったことでした。私と姉との関係もこれほど素晴らしいものに回復するとは、思いもよらなかったことでした。でもそれら全てが本当に起きたことなのです。

この一連のことを思い起こすとき、私は姉の人生を通して、ぜひ一人でも多くの方に励まし慰め、希望をもっていただければと思い、全てをできるだけ包み隠さず、ありのままに書き留めることにしました。

現代の医療をもってしても、精神の病が完治することは不可能に近いと言っていいかと思います。姉もその病から完全に解放されることはありませんでした。しかし、それでも姉はこのうえない喜びと平安をもって天国へと旅立ちました。本書を通して姉の生きた証しを皆さんがご覧になられ、彼女の生きざまを通して、「人は誰一人として無駄な命はない」ということをきっとわかっていただけると思います。

また彼女と共に歩んだ私たちの苦闘と最後に得た勝利についても、証しとして記録していきます。本書を通して皆さんが今まで知らなかった新たなきっかけをぜひ、掴んでいただければと思います。

◎目次◎

装幀　２ＤＡＹ

がんばったね！かいちゃん

心の病に勝利した彼女の生きた証し

第1章　どこに行っても、居場所のないお姉ちゃん

◎幼いころの「かいちゃん」

「かいちゃん」こと、﨑 佳世子は一九六五年（昭和四十年）四月一日、﨑家の長女として奈良県奈良市富雄にて産声を上げました。彼女にはその後、二歳年下の私、次女貴子と、七歳年下の三女真由美の二人の妹が生まれ、三人は幼いころはとても仲が良かったです。

父親は東大阪で会社を経営していました。経済的には何不自由ない家庭でした。父の会社は東大阪の近鉄布施駅の近くにあったので、時々父と布施駅で待ち合わせして、家族全員でおいしいものを食べに連れていってもらったのを記憶しています。

父は狩猟が好きで、休日になると、朝早く出かけて「きじ」や「しか」、「カモ」などを捕って帰って来ました。時には私たち家族も一緒に車で山に連れていってもらいましたが、車の後部座席で、山の凸凹道に思いっきり揺られては、三人ではしゃぎ大笑いしながら、その行程を楽しんでいたことを記憶しています。

家の中では、かいちゃんは、自分がお姉さんだと言わんばかりに、少しえらそうに、また長女らしく振舞うのですが、それは家の中だけのことで、外に出ると急に弱気になり、妹たちの後についいて出て行くのでした。遊びに出ても人見知りばかりするので、結局うまく馴染めず、そのたびに泣きだす始末でした。幼いころの記憶といえば、かいちゃんが外で泣いていたことばかりがよみがえります。

また妹の私から見ても、かいちゃんはちょっと「人と違う子」でした。友達と遊んでいて、たまたま顔を見合わせるようなときには、かいちゃんは突然、「人の顔じっと見んといて!!」と怒り出すのです。

◎ちょっと危険な「かいちゃん」

かいちゃんが五歳のときのことでした。ある日、父がかいちゃんと妹の私の二人を連れて、奈良市内の父の友人の家に遊びにいった時のことでした。父が友人との話に夢中になっている間に、かいちゃんは私を連れて、その家のすぐそばにあった小さな貯水池まで出かけて行ったそうです。そのとき、池のふちに立って、かいちゃんは何気なく私にこう言ったのだそうです。

「たこたん（貴子の呼び名）池の中に入っていってごらん！」。まだ右も左もわからない私は姉の言ったことばを鵜呑みにし、そのまま池の中へ入っていったそうです。言い出しっぺのかいちゃんも、さすがにこの状況に慌てて、すぐ父を呼びに行き、間一髪、私を池の中から救出することができたそうです。もう一分でも二分でも遅れていれば、私は死んでいたかもしれませんし、たまたま池が、その家のすぐそばだったことも不幸中の幸いだったといえます。

私はまだその時幼かったので、その出来事をリアルタイムに覚えてはいませんでした。でもそれから何年後かにこの話を父から聞いたとき、そのようなことを自分の妹に何気なく言い放つ自分の姉に、何とも言えない恐ろしさと不気味さを感じるようになりました。

◎小学校から中学校まで

一九七二年（昭和四十七年）、かいちゃんは地元の小学校に入学しました。理由はよくわかりませんが、一年生の時だけ、特殊学級に通っていました。でも二年生になると普通学級に変わり、以降ずうっと普通学級で過ごしました。かいちゃんは成績も良く、卒業まで特段変わったようすもなく、小学校にはずっと休まずに通っていたように記憶しています。

しかし、中学に入学して、一年ほど経った二年生のころから、学校を休むようになります。始めは何日かすると再び登校していたのですが、だんだん休むことが多くなり、ついには不登校になってしまいました。両親は閉じこもって部屋から出て来ないかいちゃんを何とか引っぱり出し、無理やり学校へ行かせたりもしました（当時は今と違って、親が無理強いしてでも学校に行かせることがわが子に対する親の責務とされていた時代でした）。

やがてそうしたことも功を奏せず、三年生半ばには全く学校に行けなくなってしまいました。かいちゃんはそのころ、対人恐怖症だったと記憶しています。とにかく学校に行って先生や友達と顔を合わすことさえ、怖くてたまらなかったのだと後に話してくれました。

◎悲しみがやがて怒りに

しかし、三人姉妹の中では成績が一番良かったかいちゃんは、一九八一年（昭和五十六年）東大阪にあった私立松蔭東女子高等学校（現アナン学園）の入学試験にみごと合格。本人も心機一転して、高校から新たな気持ちで学校に行こうと決めたようです。しかし、中学校後半での長期間にわたる不登校、対人恐怖症とひきこもりによるブランクは、かいちゃんの心をすっかり蝕み、もはや立ち直ることはできないほど深刻なものとなっていたのです。入学から二〜三週間もすると、対人恐怖症の症状が顕著に現われ、恐怖心で電車に乗ることができなくなりました。父が朝、自分の会社に出かける時に、かいちゃんを車に乗せて学校まで送ることを試みたりしたのですが、それもすぐに拒否するようになりました。

結局それ以降、学校に通えなくなったわが娘を見かねた両親は、六月に学校に退学を申し出たそうです。

しかし、このことが、より一層かいちゃんの心に悪い影響を及ぼすことになったのです。かいちゃん自身は学校をやめることなど全く考えていなかったようです。しかし、両親は両親なりに、学校にも迷惑がかかるし、娘にも余計なプレッシャーをこれ以上かけないようにと配慮した結果、退学は苦渋の選択だったのです。

一方、かいちゃんは、自分の意思など無視されて勝手に退学させられたことがショックで、一日じゅう部屋にひきこもったまま、ずうっと泣きじゃくっていたようです。そして、その悲しみはやがて親に対する怒り、憤りへと変わっていきました。「私がこんな状況になったのは親のせいだ。」「親がちゃんと私のことを理解していてくれたら、こんなみじめな思いはしなくて済んだのに。」

こうした鬱憤(うっぷん)が、かいちゃんの中で毎日積み重なり、日ごと膨らんでいき、ついに限界に達したかいちゃんの心はとうとう大爆発を起こしたのです。ある時から両親、とくに父親に対して、八つ当たりするかのように暴言を吐くようになりました。その暴言は日を追うごとに長く、大きく、ひどくなるのでした。

こうして鬱憤を撒き散らしたかいちゃんは自分の部屋に戻ると、今度は被害妄想に陥るのです。しばらく他の家族が茶の間で談笑したり、ゆっくりしていると、決まってかいちゃんは、二階の自分の部屋から出て来て、階段を足早に降りて来て、部屋に入るなり、「誰や？　私の悪口言ってたのは!!」「私のことみんなで噂してたやろ！」とどなりつけるのです。

その怒りに満ちた形相は、もはや以前の「かいちゃん」ではありませんでした。

◎暴れまくる乙女

かいちゃんは、真っ暗やみの洞窟の中に生息する夜行性の「獣」のような暮らしぶりでした。毎日家族が帰宅する夕刻が、かいちゃんの目覚める時間でした。そして家族が夕食を食べ終わった時分に、決まって二階から降りて来ては、家族に向かってどなり出すことが我が家では、日常のことのようになっていました。そのころは、かいちゃんの言うことに一言でも返そうものなら、その何倍もの怒りに満ちた暴言がかいちゃんの口から放たれました。もはや何を言っても埒があきません。私や妹、母親はただ黙って、その時が過ぎるのを耐えて待つしかなかったのです。唯一父親はこの状況を何とかしようと、かいちゃんに立ち向かうようになりました。でもかいちゃんが全く言うことを聞かないで騒ぎ続けるので、最後は父が力づくで、かいちゃんを部屋に連れ戻すのです。不思議な話ですが、こういうときのかいちゃんは、どこからこんな力が出るのか、信じられないような強さでした。父が連れていこうとしてもびくともしないこともありました。

私や妹、母にとって、最も恐ろしいのは、父がまだ仕事から帰ってきていないときに、かいちゃんが階下に降りてくることです。最初はみなで黙っているのですが、その対応にかいちゃんはさらに腹を立てて、とうとう私たちの髪の毛をつかんで、引っ張り回すのです。私たち三人でどうにかしようとしても、もはやどうすることもできませんでした。やがて母はこのような状況になるたびに、父の会社に電話して「お父さん、早く帰ってきて！」と助けを求めるようになりました。父親が帰宅してかいちゃんを押さえつけると、かいちゃんもさすがに力尽きて、最後は自分の部屋に戻るのですが、腹の虫が治まらないかいちゃんは深夜遅くまで、大声でわめいたり、大音量で音楽をかけるのでした。

やがて私や妹はこんな毎日にうんざりして、かいちゃんが二階から降りてくるやいなや、家を飛び出し、隣近所や友達の家にころがりこむようになりました。また学校が終わっても、まっすぐに家に帰宅するのがいやで仕方なくなり、私は何とかして早くこの家を出て行きたいと考えるようになりました。

第2章　暗やみの中に投げ出された人生

◎父の重荷と責任

　そのころ、父はかいちゃんを阪大病院の精神科に詳しく診察してもらうために連れて行ったそうですが、このとき、先生から「精神分裂病（今で言う統合失調症）」だと言われて、大変ショックを受けて家に帰ってきたと聞きました。現在でもそうですが、精神の病は、根本的に完治する見込みはまずないといわれています。当時も今も治療方法といえば、向精神薬によるそううつの抑制、調整により安定を保つことしかありません。

　父はこの時かいちゃんを自分が一生かけて見てやらないといけないと決心したようですが、相当な重荷を感じていたと思います。父自身も当時まだ現役の技術者でしたし、同時に社長として会社を背負っていかなければならないうえ、社員の方々のことも見てあげないといけないという責任がありました。かいちゃんのことをこの先自分がいつまで見ないといけないのか、先の見えない不安を抱きながら、毎日必死で過ごしてきたのだと思います。

こうしたなかで、父はかいちゃんの治療のため、阪大病院の主治医の紹介で兵庫県芦屋市内にある施設を紹介されました。そこは不登校やひきこもりに苦しむ若者をあずかって、一つ屋根の下で生活させ、彼らの自立をサポートする施設でした。今ではそういう施設も多くなりましたが、当時としては数少ない施設でした。

父は、精神科病院に入院させることには、反対していました。一度入院させてしまうと、家族とかいちゃんとの関係が二度と修復できなくなり、結果的にかいちゃんが一生病院に入院したきり、出て来れないようになることはどうしても避けたいと思っていたようです。当時私は父の気持が理解できませんでしたが、自分が子供を持つ身となった今では、父のその時の気持ちが痛いほどに理解できます。かいちゃんを病院に入院させることは、父にとっては親としての責任を放棄するように思えたのでしょう。しかし、一方でかいちゃんの状況に終始振り回されながら、日々耐えて来た父も家族もすでに限界に来ていたことは確かでした。最終的に父の判断で、かいちゃんはその施設に入所することになったのです。かいちゃんが十六〜十七歳のころだったと記憶しています。こうしてかいちゃんは人生で初めて家族から離れて生活し、残る家族にとっては、束の間の穏やかな日常を久しぶりに取り戻すことができたのです。

◎「偶像の神々」によりたのんだ結果……

日本という国には至るところに神々が祭られています。そんな国に生まれた私たちにとっては、そういった神々の前に手を合わせることは自然なことでした。

家には仏壇があり、寺には自分の家の墓がある一方、台所には神棚があったりします。また夏にあると地蔵盆があって、みんなでお地蔵に供え物をするかと思いきや、冬になるとクリスマスを祝います（もちろん、多くの人たちは、自分たちのためにお祝いをしています）。その一方でたくさんの新興宗教、ニューエイジというものもあり、社会に大きな問題を起こした宗教団体も今日まで多数存在してきました。

私たちは、今では「人によって造られた神」ではなく、「人を造られた創造主なる神」こそが唯一まことの神だと信じていますが、信仰などなかったころには、日本人の神に対するかかわり方について何の疑問も持っていませんでした。

ちょうどかいちゃんが芦屋の施設にいたとき、かいちゃんは施設を運営する代表の方の紹介で、大阪市西成区天下茶屋にある「不動明王」（お不動さま）に拝みに行き出したそうです。かいちゃん本人から詳細なことは聞いていないので、何の宗教、教派で、どのような教えだったのか、私たちにはわかるすべもありませんでしたが、一週間に一〜二回は、すすめられてそこに拝みにいっていたようです。しかし、何ヶ月かすると、かいちゃんの状態も良くなるどころか、以前よりもひどくなり、暴言や暴力なども激しくなっていったようです。結局、そこに行ったことがきっかけで、かえって悪くなったことで、父はそこへ拝むことを勧めた施設の人への不信感を抱き、かいちゃんを家に連れて帰ってきました。かいちゃんはその施設に一年余りいたと思われます。

両親とも余計に悪くなって戻ってきたかいちゃんにショックを隠しきれませんでした。少しでも良くなってほしいという思いで、それなりに施設を信用し、また結構なお金を払った結果に忸怩たる思いだったようです。

しかし、しばらくすると、今度は母親が知り合いからの紹介で、ある宗教団体が主催する修養会があるので来ないかと誘われたのです。参加者には、ゆったりと過ごせて、宿泊できる施設が用意されているとのことでした。それに、母もかいちゃんに付き添いで参加できたので、かいちゃんの療養も兼ねて、奈良で行われた修養会に参加したのです。はじめはかいちゃんものんびりしていたようですが、しばらくすると、そこにいるのが耐えられなくなり、突然一人で施設を抜け出したそうです。さらにこのとき、とんでもないことがかいちゃんの身に起こったのです。その修養会に来ていた一人の信者の中年の婦人の方が、かいちゃんのことを何とかしようと考えたようで、自分がかいちゃんの面倒を見てあげると言って、無断でかいちゃんを自分の出身地である島根県にまで連れて帰ったのです。さすがに、この一方的な行為に両親は怒って、当事者に連絡し、かいちゃんはほどなく、家に戻ることができたのです。

このことがあってから、家に帰ってきたかいちゃんは、自分がタライ回しされたことに腹を立て続け、そのことで母を責め続けました。父も母もかいちゃんのことを何とかしたい一心だったのです。しかし、かいちゃんは今まで以上にひどい状態になり、特に両親に対しては、気のすむまで暴言を吐き続ける始末でした。

◎状態は悪くなるばかり……

前の章でも記したように、かいちゃん自身の日常の様子は、家族の誰一人予想すらできないものでした。

突然怒り出しては家族に詰め寄り、挙句の果てには、たたいたり、髪の毛をつかんで引っ張り回したり、そのようなことがいつ終わるともなく、毎日毎夜続いてゆくその恐怖に、すでに私たち家族の心は限界に達していました。父親さえ仕事から帰って、息をつく暇もなく、ほぼ毎日暴れるかいちゃんを制することに労力を使いきり、心身ともかなり疲れていたように思います。

父は同じく阪大病院の先生の紹介で、大和郡山市にある精神科病院に彼女を連れていきました。精神科の病院に診察に行くこと自体、父にとっても、またかいちゃんにとっても、とても不安なことだったと思います。ただでさえ、人見知りの激しいかいちゃんは、診察のため先生の前に連れ出された途端、暴れ出してまともに診察できる状態ではなかったと父は言ってました。そのままかいちゃんは強制入院となり、いきなり一年近く病院での暮らしを余儀なくされたのです。かいちゃんが十八～十九歳のころのことでした。かいちゃんには申し訳ないですが、結果的に、私たち家族にとっては再び日常を取り戻す機会となったのです。

皮肉なことに、かいちゃんが一年あまり精神科病院に入院したことで、私たち家族は言いようのない、穏やかな日々を取り戻すことができました。しかし、一年ほど経ったとき、父は主治医との話し合いのなかで、ある程度かいちゃんの日常を保つことが可能であると判断され、退院することが決まりました。実際そこには、やはり父が病院に強制的に入れられている娘を憐れに思っていたことも影響していると考えられます。しかし、実際に、かいちゃんが退院すると、そんな娘への憐れみも、どこかに吹き飛んでしまうほど、再び激しい戦いの毎日が、来る日も来る日も私たち家族に襲いかかってくるのでした。私たち家族は出口のない暗やみに入りこんでしまったかのようでした。出たいけど出口がわからない。それどころか、今がどこにいるのかさえわからなくなっていました。いつまでこんな日が続くのだろうか、家族はそれぞれその思いを自分の心の中にしまい、そのことを決して誰一人として、口にすることはありませんでした。

◎やがて家族はバラバラに

一方で、私はそのころから「姉はいつか必ず家に戻って来る。そしたら、また前のような恐怖の毎日が続く。」としか考えられなくなっていました。つまり、家にいるかぎり、決して光は見えて来ないと思うようになったのです。

両親や妹のことを思うと申し訳なく思ってしまうのですが、もうこれ以上自分の生活をめちゃくちゃにされるのは耐えられませんでした。私は二十歳のとき、結婚を機に家を出ました（一九八八年（昭和六十三年））。どんなかたちであれ、この家を脱出することができるのだということに、とても安心できたことを思い出します。

このときから私はかいちゃんとの姉妹としての関係も断ってしまいたいとさえ思うようになりました。自分がこれから新たに築く家庭を誰にも何によっても壊されたくないと強く感じるようになったのです。こうして私は以後二十年近く、かいちゃんとの関係に一定の距離をとり続けたのです。そのときにはまさか再び姉との距離が近づき、互いに絆で結ばれるようになるとは、全く思いもよらなかったのでした。

私が家を出て、四人となった家族でしたが、やがて大変な事が起こりました。母親が家を出たのです。あまりに突然で、私も含めて家族一同驚きを隠せませんでした。日々の生活にとうとう耐え切れなくなったのです。また母は、以前から私たち子供には、父の自己中心的で頑なところをいつも愚痴っていました。そのうえ、かいちゃんと一日中家にいることが母の心身を想像以上に疲弊させていたことも後に知りました。まるで呪われているかのように、家族がバラバラになっていくのを、誰一人阻止することはできませんでした。

この日から実家は、父とかいちゃんと三女の真由美の三人になりました。真由美はまだ中学生でした。まだ両親や家族の存在がとても重要な年ごろである真由美にとって、姉の私と母が相次いで、家からいなくなったことは、相当大きな出来事であったに違いありません。父は平日ずうっと仕事で、家に帰るのが当然遅くなります。一方、家にはかいちゃんがずうっと二階の自分の部屋にいるわけです。当然のことながら、真由美は学校から帰宅する時間が来るたびにいろんな思いに悩まされていたそうです。

「家に帰ってから父が帰宅するまでの間、もし、かいちゃんが下に降りてきて、からんできたらどうしよう。飛びかかってきたらどうしよう。」そう思うと毎日、家に帰る気がなくなったそうです。あのころの真由美が精神的にも、どれほど大変であったかということについては、ちょうどそのころ、彼女がたびたび胃腸炎に悩まされたという事実によって、十分に窺い知ることができると思います。

やがて真由美は「どこででもいいから、何も心配せず、ゆっくり過ごしたい。」と思うようになり、結婚した当時、実家の近くのアパートの一室を借りて住んでいた私の家に来るようになりました。それから、私も真由美を家に呼んでは、ご飯をいっしょに食べたり、遅くまで話をしながら、二人でゆったりした時間を持つことができました。

私たちはこのとき初めて、本来どこの家庭にもある、家族の団らん、親や兄弟姉妹との絆にものすごく餓え渇いていたのだと気づかされました。いつの間にか家族には失われていたものがあって、実はそれがどれほど私たちにとって大切なものかということを、このとき改めて知るきっかけとなったのでした。

しかし、一度バラバラになった自分たちの家族をどうすれば回復できるのか、その時は知るよしもなかったのです。それどころか、その大きな原因であるかいちゃんの精神状態が癒されないかぎり、私たち家族は、そこから脱出するか、逃避するしか方法を見出せなかったのです。

全ての問題の原因は、かいちゃんにあるとしか考えられませんでした。かいちゃんさえいなかったら、とまで思っていたのです。私も真由美もかいちゃんの苦しみを理解しようとは思いませんでした。それどころか、父親と違い、かいちゃんを長期、いや一生涯、病院に入院させるのが、私たち家族を救うための最もふさわしい方法だとまで思っていたのです。

◎入院、退院、また入院……

かいちゃんが病院に入院して、数ヶ月すると薬によって病状がある程度落ち着いてきたので、病院に促されて退院するものの、家に戻ってしばらくすると、自分の寝たい時間に寝るので、結局昼夜逆転の生活になり、そのうえ薬をきちんと服用することを怠るので、また以前のように不安定な状態に戻ってしまうのでした。そしてまた以前のように暴れたり、暴言を吐いたり、大音量でテレビや音楽を鳴らしたり……。父親も入院によって少しは回復の見込みがあるのではと期待していたようですが、それは全く見当違いでした。薬はあくまでもそううつの高低差を抑える効果しかないのだと思います。

こうしてかいちゃんは、十代の終わりから約二十年にわたり、入退院の日々を繰り返すことになるのでした。

そしてその間、私は自分の二人の子育てに追われ、この時期のかいちゃんのことは、今思えば本当に申し訳ないのですが、全く知らないのです。私の中ではもうかいちゃんという姉の存在はないものとさえ思っていました。

かいちゃんが三十三歳の時、一番下の妹の真由美が結婚を機に家を出ました。とうとう家は父親とかいちゃんの二人だけになってしまいました。

父も還暦を過ぎ、かいちゃんの面倒を最後までみようという気力もなくなっていたようです。もちろん自分の娘ですから、病気が治ることを常に願っていたには違いありません。しかし、年月が経つに連れ、それが極めて困難なことであると父は感じるようになっていったようです。父はかいちゃんの状態が悪くなると、すぐに病院に入院をさせていたようです。当時はまだ一年以上の長期にわたる入院もできていたので、かいちゃんも何年も入院していたときもあったようです（あくまで、かいちゃん本人の生前の証言をもとにしています）。

その間に、自分の老後のことを考えるようになった父は六十歳を迎え、自分の経営する会社をたたみました。さらに、七十歳で再婚しました。かいちゃんが四十歳になった時です。再婚相手の女性は、当初はかいちゃんのことも面倒をみると言ってたようですが、実際に同居して、かいちゃんの大変さがようやくわかったようで、結局どうしたらよいのかわからないのに無理に関わろうとする彼女のやり方に、かいちゃんもすごくストレスを感じたようです。しかし、これまでと違うのは事あるごとに父が、彼女に全てをまかせるようになったことでした。今まで父に直接言えたことも、やがてその間に彼女が介入するので、かいちゃんは父との関係さえ断たれたような状況になってしまったのです。

結局、このころからかいちゃんは、家の中でたった一人の孤独な毎日を送らざるを得ないことになってしまったわけです。かいちゃんの日常は、ただその日一日を過ごすことでした。

こうして二十年という月日は流れていったのです。この間かいちゃんは、病院を幾度となく入退院しました。

第3章　暗やみの中で見出した希望の光

◎入院中の出来事

『暗やみの中にすわっていた民は、偉大な光を見、死の地と死の陰にすわっていた人々に、光が上った。』

《マタイの福音書　4章16節》

かいちゃんが、この二十年の間で、幾度となくお世話になった大和郡山市にある精神科病院に一番最後に入院したときのことです。おそらく二〇〇六年から二〇〇七年のころです。
入院時にかいちゃんと仲良くなった女性がいました。その女性がある時、かいちゃんに小さな紙袋に入った一冊の本をプレゼントしてくれたのです。それは聖書でした。その女性は入院中に知り合いの紹介で、外出許可をもらって、教会に行ったのだそうです。彼女は初めて体験した新鮮な感覚に魅せられ、やがて毎週自分一人で教会に行くようになったそうです。彼女がそのことをかいちゃんに話すと、かいちゃんがとても興味を持って、教会のことやキリスト教のことを聞いてきたので、彼女はそれならと聖書をかいちゃんにプレゼントしたということだそうです。かいちゃんはやがてベッドの上で、聖書を開いて読みだしたのです。

そしてかいちゃんが初めて聖書を読んだその日、かいちゃんは言いようのない穏やかな気持ちで、夜寝ることができたのだと後に語っていました。やがてかいちゃんは暇があれば、聖書を開いて読みました。聖書に出てくるイエス・キリストにも興味を持ちました。かいちゃんは毎日聖書を枕のそばに置いて寝ていたそうです。

今となっては、彼女にこの時のことを詳しく聞けないのが残念ですが、とにかく、この一冊の本との出会いが、今まで暗やみでしかなかった、かいちゃんの心に「希望の光」となって射し込んだのでした。

◎わらにもすがる思い

『神に近づきなさい。そうすれば、神はあなたがたに近づいてくださいます。』

《ヤコブの手紙　4章8節》

こうしてかいちゃんは友達からもらった聖書を読むことがきっかけになったかどうかはわか

りませんが、不思議なことに病状も安定してきたとの判断で、ようやく退院の許可が下りました。その時には自分よりも先に良くなって退院した友達と近隣の教会に行こうと思ったようです。しかし、その友人が行っていた教会は生駒の山を越えた東大阪市にある教会でした。彼女は退院後、教会のある東大阪市内に引っ越したのでした。

かいちゃんにとって、東大阪へ行くには一人で電車に乗車しなければなりません。とてもプレッシャーのかかることでした。当初はかいちゃんはそこまで行くのは無理と思っていたようです。でもかいちゃんには、自分のことを心配してくれる友達の存在がとても大きかったようです。おまけにその友達はかいちゃんより先に教会に行くようになり、心からイエス・キリストを信じて、洗礼まで受けていたのです。その彼女が信仰をもってからとても元気でいること、また彼女が同じ苦しみを味わってきたかいちゃんのことを思いやり、電話をかけてきては、教会や聖書の話をしてくれることで、かいちゃんの心はますます教会に関心をもつようになったそうです。また自宅で聖書を読むうちに、かいちゃんはイエス・キリストというお方に興味をもつようになったのでした。

一方、自宅に戻ったかいちゃんは、相変わらず、いろんな幻聴や頭痛などに悩まされていました。今までのかいちゃんなら、その悪魔のもたらす「策略」にだまされ、何も行動せずに終わっていたでしょう。

しかし、かいちゃんは自分がこのままではもうだめだとこのとき本当に思ったと言ってました。もうわらにもすがる思いだったのです。いろんなプレッシャーを乗り越え、かいちゃんは自分の意志で、一人で電車に乗り、友達の待っている東大阪市にある教会に初めて訪れることができたのです。二〇〇八年、夏の暑さが和らぎ、ようやく涼しくなってきた十月の第二日曜日のことでした。

◎もしイエス様がおられるのなら……

『心のきよい者は幸いです。その人は神を見るからです。』

《マタイの福音書　5章8節》

こうしてかいちゃんは、人生で初めて教会の礼拝に参加することができたのです。そこはその後、かいちゃんだけでなく、私や私の子どもたちも救われた東大阪にあるアメイジンググラブチャーチという家の教会でした。当時のことをアメイジンググラブチャーチの伊達先生はこう回想しておられます。

「嵜さんが初めてこられたのは、そこで教会を開いた年の秋のことでした。最寄りの近鉄の駅の改札口まで彼女を迎えに行ったときのことは今でも覚えています。駅にいってみると、不安そうにあたりを覗っている女性を見て、﨑さんだとわかりました。迎えにいったことで少しほっとしたようですが、教会までいっしょに歩いて来て、初めて教会の中に入ったときには緊張していたようです。ただ彼女にとって、友達が教会内で待ってくれていたことは大きかったと思います。

聖日礼拝が終わり、皆で食事したあと、私は﨑さんと個人面談しました。そのときに彼女の今までの人生の歩みを聞き、入院中に友達から聖書をもらったこと、また教会に導かれたこと、など話をしました。本当に大変な彼女のこれまでの歩みは、聞いている側さえも胸が痛くなるものでした（まだこの時点では彼女が自宅で暴れてきたこと、それに伴う家族との冷えた関係などは知る由もありませんでした）。一方で彼女の心が、とても純粋だということも感じました。私はできるだけ礼拝に来られたお一人おひとりに、手を置いて祈りをさせていただくことにしています。祈りを通して、神の霊（聖霊）がその方の霊やたましいの深い部分、また病んでいる部分などに触れて下さることにより、いやし、解放、奇蹟などをなさるからです。

﨑さんに手を置いて祈りました。数分ほど経過したときのことです。私が感覚的に神の御霊が彼女のうちに入られる感覚を得ました。すると突然、彼女が声をあげてこう言ったのです。

『イエス様が目の前におられる!!』。

私も突然の彼女の反応にびっくりしたのですが、実はそれ以上に、私が手に感じた神の霊が﨑さんのなかに入る感覚と、彼女が声を上げたのが全く同時だったことにびっくりしてしまいました。

私は手を置いて継続して祈ったあとで、﨑さんにもう少し詳しくその時のことを説明してほしいと言いました。すると、彼女は少し興奮気味に話し出しました。『先生が私の頭に手を置かれてしばらくすると、頭の中でいろんなものがざわついて、気持ち悪くて、祈ってもらうのが怖くなってきました。怖いから目をつぶっていました。でもしばらくするとそのざわついていたものがだんだんといなくなり、落ち着いてきたんです。その時目の前は真っ暗でした。でもその真っ暗な中にしばらくいたら、突然額のところがドアのようにパカッと空いたんです。すると、目の前が明るくなり、そこに白い衣を着られたお方がおられたんです。イエス様だとすぐわかりました。イエス様が私のところに来て下さったんです～！』

﨑さんは抑えきれない喜びに満ちながら、それまでとは全く別人のような輝いた表情で語るのを聞いて、私もその出来事が彼女の言うとおり、神からのものだと確信を得ました。彼女がご自身のもとに来るのをずっと待っていたとでも言わんばかりの出来事でした。﨑さんにとって、この出来事はこれからの信仰生活の原点となる忘れることのできないものだったに違いありません。やがて、関わっていくうちにわかるのですが、彼女の霊的な状態が筆舌に尽くし難い、大変なものだと、後にわかればわかるほど、この劇的なまでに素晴らしい『出会い』を、神があらかじめ彼女に用意して下さっていたのだと改めて思い知らされたのです。何という神の愛の素晴らしさでしょう。私は十年以上も前の、そのことを思い起こすたびに今も、感動せずにはいられません。神様というお方は地球上にいる何十億人という、多くの人々の中で、その中のたった一人の存在をどれほど愛おしく思っておられることでしょう。どれほど見守っておられることでしょう。皆さんは『そのこと』に気づいておられますか？」

◎神様から引き離そうとする悪の力

こうして、初めて教会の礼拝に参加したかいちゃんに、神様は素晴らしいことをして下さいました。しかしながら、このようなことがあったからといってその後の人生はもう大丈夫、何の心配もなし……などということにはなりません。神様を信じようとする人や教会に行こうとする人には、これを阻止し、妨害しようとするものがこの世には存在しているのです。それは「悪魔」「悪霊」というものの存在です。「彼ら」は霊的な存在ですから、目には見えません。しかし、その存在は聖書にもはっきり書かれています。そしてその暗やみの存在は神に敵対する存在として、神様の愛する人間を滅ぼそうと、常に私たちの身体やたましいに入り、蝕むものなのです。ここで詳しくは触れませんが、悪魔、悪霊は長い間、かいちゃんの心や身体に住みつき、常にかいちゃんの人生や人格まで巣食ってきたのです。

かいちゃんは、こうして毎週日曜日、東大阪の教会の礼拝に参加しようとするのですが、やがて以前から抱えていた対人恐怖症によって、たびたび電車に乗ることができないようになります。そこでかいちゃんは自分の家の最寄りの駅で客待ちしているタクシーに乗って、そのまま数千円ものタクシー代を払って、東大阪の教会まで来たことも一度や二度ならずあったそうです。また今度は、家に帰るのに電車に一人で乗って帰れないと言っては、伊達先生や教会の男性信徒の方に近鉄電車に同乗してもらい、一時間近く付き添ってもらって、自宅の最寄り駅である西ノ京まで送ってもらうようなこともたびたびあったようです。

(アメイジンググラブチャーチ・伊達先生の回想)

こうして何とか休むこともありながら、教会の礼拝に出席するようになってきた﨑さんでしたが、祈りなどにより、神様が﨑さんに働きだすことで、彼女を支配しようとする悪魔や悪霊との霊的な戦いが始まりました。本人の霊的な解放のためには避けて通れないことです。それは言ってみれば、さまざまな依存症の人たちが、そこから解放されるための治療過程において、禁断症状を乗り越えられる際の葛藤(かっとう)と似ているかも知れません。

本人の霊的ないやしと解放の過程では、ほとんどといってもいいほど誰もが、霊的な戦いによるさまざまな攻撃や試みに遭遇することになるのです。﨑さんも例外ではありませんでした。以前から﨑さんは、自分の顔に対して、執拗なまでのコンプレックスを感じることがあったようです。不思議なことに、妹の貴子さんに言わせると、彼女は﨑家の三人姉妹の中では一番美人だったそうです。でも﨑さんはいつも鏡を覗き込んでは、「目元がおかしい」だの、「唇が変だ」の、一人でずうっと呟いているのだそうです。この﨑さんの思いに働いて、常軌を逸したような行動をさせるのが、悪魔、悪霊の策略なのです。

教会に来るようになって、半年経った二〇〇九年の五月初旬だったと記憶しています。﨑さんはその日教会を休みました。身体が動きにくいとのことで、自分の部屋に閉じこもっていたようです。その日の夜十二時ごろ、かいちゃんを教会に誘った友人の携帯に、﨑さんから写真つきでメールがあったそうです。彼女は携帯を開いて、絶句したそうです。何とかいちゃんは、自分の目もとを二重まぶたにするために、自分で工作ハサミを使ってまぶたを切ったのでした。私はその写真は目にはしてないのですが、その友人はしばらく言葉を失ったそうです。

看護師として働いていた経験から、緊急性を感じた彼女はすぐさま、タクシーを使って、奈良の﨑さんの自宅まで急行し、家の前ですぐに救急車を手配してくれました。彼女の迅速な対応のおかげで、﨑さんは病院で両まぶたを縫って処置してもらい、事なきを得た、ということがありました。﨑さんがその友達に写真を送信したからよかったものの、もし誰にも連絡していなかったら、と考えるだけでも恐ろしいです。

自宅で連絡を聞いた私は無事病院に行って処置されたと聞いて、胸をなでおろしたことを記憶しています。翌日仕事が終わってから、私は電車に乗って﨑さんに会いに行きました。顔を見て安心しましたが、彼女は自分が何をしたのか、なぜそんなことをしたのか、自覚はおろか、反省もないのには、驚きました。彼女は縫合されたまぶたに跡がついたらどうしよう、今度はそればかり気になって考えていたのです。彼女の思いを欺いたり、真実をくらましたりする悪魔、悪霊の存在に改めて、憤りを感じたのを覚えています。

◎かいちゃんからの電話

そんな出来事もありましたが、かいちゃんは、教会に行くことを楽しみにしていたようです。聖書も読んでいました。やがてかいちゃんは、自分が出会ったイエス様のこと、教会のことを周りに証しし始めるようになりました。霊的に大変な状態だったかいちゃんですが、一方でとても純粋な心をもっていました。一般的な日本人でご婦人の方々というのは、伝道や、神様の証しに関しては、同年代の男性の方々よりも、はるかに積極的だと思います。時機や状況を踏まえ、知恵を尽くし、相手に向き合われる彼女たちの働きが、どれほど多くのこの国のたましいを神のもとに導いたかわかりません。しかし、かいちゃんはそう言った皆さんに優るとも劣らないほど、何の衒い（てら）も、気恥ずかしさもなく、イエス様のことを宣べ伝えました。まずかいちゃんは、病院に入院していたときの友達に電話したり、手紙を書いて伝道していました。そして次に妹である私と下の妹、真由美に電話でイエス様のことを話すようになってきたのです。

そのころ、妹の私はかいちゃんとは全く音信さえない疎遠な状態でした。一方で子どものことや経済的なこともあり、いろんなことが重なり忙しい一方で、陰鬱な毎日でした。

そんなある日、かいちゃんから電話がかかってきました。今までも、かいちゃんから突然の電話がかかってくることがありましたが、そういうときは大体、精神的に躁の状態のときで、電話に出ても意味不明なことを言うので、途中で一方的に切ってしまうというのが、ここ数年のパターンでした。しまいには、かかってきても電話に出ないようにしていました。そうするとやがてかかってこなくなるので、そうしてやり過ごしていました。

ところが、その時は何気なく電話が鳴ったので、不意に通話ボタンを押してしまい、たまたま出たら、かいちゃんでした。「しまった。」と思いながら、さっさとやり過ごそうと「何の用？」と、こちらから問いかけたのです。すると、かいちゃんがこんなことを言い出したのです。「タコたん、教会って行ったことある?」

あまりに予想外の問いかけに、私はつい普通に応答してしまいました。「教会なんか行ったことないわ。まーちゃん（妹の真由美の呼び名）が小さいころ、行ってたって聞いたことがあるけど。それがどうしたん?」かいちゃんの声はいつものしどろもどろの声ではありませんでした。元気そうな感じの声でした。「いま私教会に行ってるねん。今度タコたんもいっしょに教会に行かへん?」

かいちゃんキリスト教の教会に行ってるんや……。ちょっと驚きでしたが、そのときの私は、かいちゃんが昔行っていた宗教とまた違う宗教にはまっているんだという認識でしかなかったのです。私は早々に電話を切りたかったので、「私そんなん興味ないし、いいわ。」と突き放しました。いつもなら、思いどおりにいかず、そこで機嫌を損ねるのが、かいちゃんのパターンでした。でもその時は、全く怒ることもなく、「タコたん行ったら楽しいよ。元気になるよ。一回いっしょに行ってみよう?」と言うのです。話す内容もきわめて明瞭です。どうしたんだろうと思いながらも、かいちゃんにとって良かったら、それでいいわ、と私は考えました。「今、いろいろと忙しいから、また落ち着いたら考えてみるわ。」とその場を濁しました。「考えといてな。」というかいちゃんのことばに、「はいはい。」と気のない返事をして、電話を切りました。

まさか、このあとに考えられないようなことを、神様が計画されていたとは、この時誰が予想できたでしょうか。

『神のなさることは、すべて時にかなって美しい。神はまた、人の心に永遠への思いを与えられた。』

《伝道者の書　３章11節》

第4章　神様が備えてくださった回復の時

◎かいちゃんも東大阪ってどういうこと？

かいちゃんはそれ以降幾度となく、私のところに電話をかけてきました。もちろん、かいちゃんは私を教会に導きたかったんだと思います。しかし、私は意に介さずでした。ところが、家を出て働いていた長男が当時交際していた彼女に連れられて、何と教会に行っていると電話で連絡してきたのです。私は耳を疑いました。まさか、かいちゃんが伝道したのではと、ふと思ったのですが、そうではありませんでした。

当時、長男のことが私にはとても気がかりでした。家を出てどうしているものかと思っていましたが、息子が付き合っていた彼女から教会に来ないかと言われ、私はその時、とにかく息子に会うために教会に行くことにしたのです。私にとって教会に行くことが初めてだったので、何もかも新鮮でした。しかし、まだ信仰はおろか、神様を求めて行ったのではないので、何が何だかわからない状態でいったという記憶しかありません。

そして、息子が行っていたその教会は何と東大阪にある教会だったのです。初めて賛美の歌を聞いた途端、私は完全に心を打ち抜かれました。涙がとまらなくなり、決して神様から離れられないと感じたのです。

二、三度教会の礼拝に行ったところに、かいちゃんから電話がありました。教会は今のかいちゃんにとって必要な場所で、私には関係ないからと返事を濁した私が、実はいま教会に行ってると聞いたらどんな反応をするのかな、喜ぶのかな、などとかいちゃんの反応を思い浮かべながら、私はかいちゃんに教会に行っていることを言いました。

「へえー。すごい。嬉しい。」と喜ぶかいちゃんに、不思議な感覚を抱きました。かいちゃんが続けて尋ねてきました。「タコたん。どこの教会に行ってるの？」私は答えました。「東大阪の教会……」これを聞いたかいちゃんが、声高になって答えました。「ええ！　私も東大阪に行ってるんよ。私の教会はアメイジンググラブチャーチっていう教会。タコたんの行ってる教会は？」私は教会名は覚えていました。「ベタニヤチャーチ。」これを聞いたかいちゃんがまた興奮気味に言いました。「うちの先生、ベタニヤチャーチにずうっといてはったらしいよ。やっぱりタコたん、私といっしょに教会行こうよ。」

まさか、かいちゃんの誘いを断ろうとしていた私が息子に会うためとはいえ、自ら教会に足を運び、そのうえ、さらに不思議なことに、姉のかいちゃんが行っていた教会も何と同じ東大阪市内だったのです。私はまさかあの対人恐怖症で、電車にも一人で乗れない姉が、奈良から東大阪まで毎週通っているなどとは、予想だにしませんでした。

日曜日が来れば、私は奈良から、東大阪市内、近鉄小坂駅の北東側にあるキリスト教会へ。かたや姉も、奈良から近鉄長瀬駅の北東側に行ったところにあるキリスト教会へ行っているなんて、神様を知らなかった当時の私にさえ、単なる偶然とはとても思えませんでした。実際神様というお方は「ユーモア」と「ウイット」に富んだお方です。しかし、同時に「真実」なお方です。そこにはひとかけらの偽りも妥協もないのです。

姉と私の日曜日の並行移動、それは「散らされた家族を再び集めて、一つとなさる神の救いの計画」の「序章」だといえます。聖書で見せられた回復のみわざを、神は私たち家族にも現わされることができるお方なのです。

◎私にとっての神様の道

息子に会うために教会に行き始めた私でしたが、やがて息子と交際していた女性が、私たち家族の中に入りこんできたことがきっかけで、家も家族もぐちゃぐちゃな状態になってしまいました。弁護士の助けを借りてまでしてようやく、元の状態に戻ったのですが、彼女によって私たち家族は、経済的にも社会的にも精神的にも、大きな打撃をこうむることになってしまいました。このことがきっかけで、息子は彼女との交際を解消し、もう教会にも行かないと言って、教会を離れてしまいました。私は悩みました。教会に来たきっかけは息子に会うためでしたが、礼拝に参加するたびに、神様から決して離れることはできないと感じるようになっていました。

神様に近づきつつある自分にとって、教会を離れることはあり得ないと思っていました。しかし、まだ何もわからない今のまま、自分一人だけがこの教会に残ることを家族は反対しました。どうしようか悩んでいたときに、不思議なことにかいちゃんのことばを、思い起こしたのです。「タコたん。いっしょに教会に行こうよ。」

これからは私にとって、信仰生活の一番の親友が、姉のかいちゃんだと思った瞬間、私はアメイジンググラブチャーチの礼拝に出席することが、最も良い方法だと無理なく思えたのです。こうして私は二〇〇九年十一月をもって、この教会に導かれることになったのでした。

このことを一番喜んでくれたのは、他ならぬかいちゃんでした。かいちゃんにとっても、私と教会に行くことは朗報でした。もうわざわざ電車に乗車しなくても、私の車に乗れば、教会に直行できるのです。これだけでも、かいちゃんのストレスの軽減につながったと思います。また私にとっても、まだ神様のことを何も知らない状況のなか、傍らで教えてくれるかいちゃんの存在は心強いものでした。

こうして、私とかいちゃんは、毎週車に乗っていっしょに教会に通いました。時には、二人でワーシップ（賛美歌）を歌ったり、またある時には口げんかしながらも、教会に通ったのです。そして私もかいちゃんと同じように、神様の存在を心から信じるようになり、イエス様という神のひとり子が、私たちのために十字架で死なれたその愛を知ることができました。翌年二〇一〇年八月二十四日には、この教会での第一回洗礼式で、私たち姉妹は二人そろって、洗礼の恵みを受けることができました。私にとっても、かいちゃんにとっても、生涯忘れることのできない日となりました。これまで、顔を合わすどころか、電話さえもしなかった姉とこうして仲よく教会に行き、信頼関係を取り戻すことなど、思いもよらないことを神様は、実現して下さったのです。

◎かいちゃんごめんね〜わかり合えた「心の痛み」

こうして私は、神様から信仰というすばらしいプレゼントをもらったことで、毎日が喜びに満ち、自分自身がいのちに溢れた明るい心を持つ者と変えられてゆくのを、はっきり感じるようになりました。これと並行して、自分がこれまでかいちゃんのことを全く顧みず、自分と子供たちのいる家族のことだけしか気にとめなかった自分のことを悔い改めました。本当に姉であるかいちゃんをまるで、見ず知らずの他人のように今まで扱ってきた自分を恥ずかしく思いました。言うまでもなく、私たちは神の教会の〝兄弟姉妹〟です。ある意味、両親よりも長い付き合いになるその関係を、私は軽んじていただけでなく、蔑んできたのです。かいちゃんの気持ちを思うと、涙がとまりませんでした。

翌日、かいちゃんに電話して、謝罪しました。「かいちゃん。これまでずっといやな思いをさせてきたこと、ほんとうにごめんなさい。悪いのは、私です。神様にもこのことを昨日の晩ずうっと悔い改めました。かいちゃん、私のこと許してくれますか。」かいちゃんが電話の向こうで泣いているのがわかりました。続けて私は言いました。「私もここ最近、優太（長男の名前）のことや、交際していた女の子のことで、家族や親せきからの信頼を失くして、みんなから見離されたような境遇になって初めて、かいちゃんの気持ちが痛いほど、よくわかったよ。これからは何があっても、私はかいちゃんの味方になると決心したから。私がこうしてイエス様と出会ったのも、かいちゃんが先に教会に行ってくれていたからだと思う。かいちゃん。本当にありがとう。」

後に、かいちゃんとこの時のことを分かちあうことができました。かいちゃんは私の謝罪のことばを聞いているうち、逆に私のことがかわいそうに思えてならなかったと言うのです。そしてそればかりか、かいちゃんも、私のことで神様に悔い改めたと言うのです。かいちゃんが誰よりも思いやりのある、優しい子だったことさえ、すっかり記憶からとんでしまっていたのでした。

かいちゃんは神様にこう言ったそうです。「イエス様、ごめんなさい。私は妹の話を聞こうとせず、偉そうに口応えしていたことを悔い改めます。私の妹がこの私と同じ気持ちになって、嘆き悲しんでいたなんて。私は貴子のことをもっともっと大事にしたいです。大切にすることが必要じゃないかと、改めて思います。神様のはなしができるのは、妹の貴子だけ！　私も貴子とともに信仰の道を歩んでまいります。」

このとき私は、自分の内にある言いようもない痛み、悲しみを誰かと分かち合えるなんていうことはあまりしたことがありませんでした。でもそれが、自分の心の癒し、解放につながるのだということを私は、かいちゃんを通して知ることができたのです。

神様感謝します！　私は神様というお方の存在が、ここまで私たち人間に多岐にわたり、深く影響を及ぼされるということに、毎日毎日驚きの連続です。神様とは、まさにアメイジングな愛なるお方なのです。

『私たちが神を愛したのではなく、神が私たちを愛し、私たちの罪のために、なだめの供え物としての御子を遣わされました。ここに愛があるのです。』

《Iヨハネ　4章10節》

第５章　神様の恵みとあわれみ～かいちゃんの新たな歩み

◎あとの者が先になり……

『しかし、先の者があとになり、あとの者が先になることが多いのです。』

《マルコの福音書　10章31節》

二〇一〇年、私とかいちゃんは二人仲良く同じ日に洗礼を受けて、同じ教会につながったということは、恵みと感謝以外の何ものでもありませんでした。

また、私が今まで心のうちにあった「飢えかわき」を、神様が満たして下さるということを知った私は、毎朝、あるいは夜寝る前に、聖書を読み、心を静めては今ある願いや必要を祈ることで、この「飢えかわき」が満たされることが、日に日に喜びとなっていました。その一方で、かいちゃんはクリスチャンとしての歩みは、私よりも長かったのですが、彼女のうちにひそむ精神の病や霊的な圧迫により、祈りや聖書朗読はおろか、教会の礼拝に参加することさえできないときがありました。しばらくすると、私たちの立場は逆転してしまいました。このころから教会で、私が信徒の方々のために祈ったり、教えたりするたびに、かいちゃんがこれに嫉妬して、不快な思いをあらわにするのには困りました。かいちゃんは幼いころから、自分が姉であるということに人一倍こだわりがありました。自分の姉としての立場を私や妹が周囲に認める態度をとると機嫌が良いのですが、一方で、自分一人で決められないことが起きれば、妹である私たちにたやすく甘えることも日常茶飯事でした。信仰面でもかいちゃんは、どちらかというと、私や伊達先生によりかかることがほとんどだったように記憶しています（信仰の幼子のままで、成熟した大人にはまだほど遠い状態だったといえるかもしれません）。

こうして、私はいろいろなことで、神様のすばらしい恵みをますます体験し、神様中心の生活にどんどん突き進んでいきました。

洗礼を受けた翌年には、職場で出会ったシングルマザーの姉妹が教会に来るようになり、彼女たちも洗礼を受けました。そして私はこの年、教会のある東大阪に引っ越ししました。また、その三年後には、私が教会に行くきっかけとなった息子が、教会に戻ってきたのです。息子もいろんなことで精神的にも霊的にも最悪な状態に陥り、そのなかで、自分はもう神様しかいないと思ったようです。息子は教会に寝泊まりしながら、神様と交わったことで、半年後には新たな仕事にも就くことができるほど回復が与えられました。翌年には教会の近くに家を借りて、信仰生活を歩んでいます。また、息子が全く変えられた姿を見て、下の子供も二〇一六年から教会に来るようになり、洗礼を受けました。

一方、かいちゃんは自分の気が向いたときにだけ、教会に来るというようになりました。かいちゃんのそういう自分勝手な信仰を、私はもどかしくしか思えず、かいちゃんに電話やメールでとにかく礼拝に来るよう促すのですが、言えば言うほど頑ななかいちゃんの態度に再び愛想を尽かすようになりました。このときにまだ私は、神様に全てをゆだねて祈るなら、神様が動かされる、ということがわかりませんでした。

◎神のみこころにより、動きだす

『あなたは、あなたの生まれ故郷、あなたの父の家を出て、わたしが示す地へ行きなさい。そうすれば、わたしはあなたを大いなる国民とし、あなたを祝福し、あなたの名を大いなるものとしよう。あなたの名は祝福となる。』

《創世記12章1～2節》

私が信仰生活の恵みを体験すればするほど、これに反してかいちゃんは教会にもだんだん来ないようになり、二〇一四年にはいると、とうとうかいちゃんは、メールや電話などで教会のことで悪口を言ったり、伊達先生や私のことも平気で蔑むような発言を繰り返しました。しかし、やがてそれらがかいちゃんではなく、かいちゃんの内にいるサタンが行っているのだということを悟るようになりました。そこで、かいちゃんの批判メールはすぐに消去し、かいちゃんの電話も、おかしいことを言い出したら、さっさと要件を聞いて電話を切るということをしました。するとやがて電話がかかってくることも少なくなっていったのです。

かいちゃんを私たちの努力で、教会に連れてきたり、信仰に立たせるのは無理だとわかってきました。しかし、どうすればかいちゃんが神様のもとに立ち返るのかわかりませんでした。伊達先生に相談しました。先生もかいちゃんのことはもちろん気にかけておられましたが、今は神様が動かされる時を待ち望むことと言われたのです。こうしてかいちゃんのために祈るときを、自分でも、教会においてももつようになりました。

時が過ぎて、二〇一四年の夏ごろのことだったと思います。伊達先生が祈りのなかで、かいちゃんについて、神様から一つの思いが来ている、と言われたのです。

（アメイジングラブチャーチ・伊達先生の回想）

教会の方々のとりなしの祈りをしていたときのことです。かいちゃんのことを祈っているときに、神様が「彼女を私のもとに引き寄せなさい。」と私の心に語られたのです。もちろん意味もわからないので、とりなしの祈りの最後にもう一度、かいちゃんのことを祈り出しました。しばらくするとまた「彼女を引き寄せなさい。」と言われました。もしや「引き寄せる」とは、彼女をこちらに来させるということかと思って、祈ると主の喜びが来るのです。その日から祈っていて二日ほど経ったとき、今度は神様が聖書のみことばを示されました。創世紀12章で神様がアブラハムを召されるときに語られたみことばです《創世記12章1〜2節》。これで神様が語られているということがようやくはっきりわかりました。主の平安もあったので、その日の晩に貴子さんに言いました。もちろん神様に祈ってみてほしいとも言いました。神様は真実で正しい完全なるお方ですが、私たち人間は不完全で、肉なる存在です。神様からのことばだと確信があったとしても、一〇〇パーセント間違いないとは言えないのです。こういうときには、必ず第三者に祈ってもらい、吟味してもらうことが必要なのです。

貴子さんはまだ自分は神様のみこころがわからないから、と言われたので、私は「今までかいちゃんのことずっと祈っていたのだから、神様は、かいちゃんが家を出るべきかどうか、事を動かされるなかで、必ずあなたに確信や平安、喜びを与えられると思います。祈りながら一歩一歩、前進していきましょう。」と言いました。

どんな状況であっても、神様のみこころなら、事は動いていきます。私たちは最初の一歩を踏み出すだけでいいのです。それから、しばらくすると貴子さんも祈るなかで、肯定的な考えになっていったそうです。

私は祈っても、まだ神様のみこころがわかりませんでした。しかし、神様に導いてもらって、このことを静まって考えていくうちに、これが正しい道だと思えるようになったのです。そして、何より力強く思えたのは、たとえ、かいちゃんが引っ越してこちらに来ても、私一人じゃないということでした。周囲には、伊達先生も、息子もいる、教会の信徒の方々もおられる。そして何より大きいのは、神様がおられる、ともにいてくださるということでした。その神様が、かいちゃんを引き寄せられるよう言われているのですから、神様が折にかなって、必ずかいちゃんのことを助けて下さると思えるようになってきたのです。またそう思うとすごく自分の心が平安になるのを少しずつ感じるようになりました。

早速私は、まずかいちゃんにこのことを話しました。かいちゃんは生まれてからずうっと、親もとで暮らしてきました。施設や病院に入っていたとき以外、一人で生活したことは一度もありません。予想どおりかいちゃんはああだ、こうだと不安や心配事を言うだけで、どうすべきか決められませんでした。

◎一大決心〜奈良から東大阪へ

そこで翌日私は、父に電話をしました。父がＯＫさえすれば、かいちゃんは父の言うことに従うからです。しかし、父に話すとあっさり反対されてしまったのです。「佳世子が一人で暮らせるわけがない。万が一のことがあったらどうするんや。」その翌日今度は義理の母に電話しました。「私はかいちゃんが家を出てもいいと思うけど、お父さんは反対だから、この話はなかったことにしてほしい。」

あっさりと断られ、ちょっと落ち込みましたが、ここで神様に祈りました。「神様、あなたのみこころであるのなら、あなたが今のこの現状を打ち破って下さい。この試練を乗り越えさせてください。」

するとしばらくして、不思議なことが起こりました。父に電話して反対された日からおよそ二週間ほど経ったときのことです。

義理の母から私に電話がありました。父のことでした。前に私と電話してから一週間後、定期検診のため、父を病院に連れて行ったそうです。そうしたらその結果が出て、父の腎臓の機能がかなり衰えていて、いずれは透析を受けることになるでしょう、と担当医から言われたそうです。これを聞いて、私は父と直接電話したいので代わってほしいといいました。父に代わると父はすぐに自分のほうから病院での検査の結果について話し出しました。父が少しショックを受けているのがわかりました。

私は切り出しました。「この前のかいちゃんの件だけど、お父さんがこれからもっと歳をとって、腎臓だけでなく身体のいろんなところが年老いて弱っていくのに、かいちゃんの面倒をずうっとみていける？　そんな自信あるの？」

これを聞いて、父はぼそっと言いました。「自信ないなあ。」私は「もう一度かいちゃんのこと考えてみてほしい。」と言って電話を切りました。

その数日後、父から電話がありました。「佳世子のことは、貴子。おまえに任す。」

電話を切って、私は神様に心から感謝しました。まさにこの事が神様によるものであり、かいちゃんを東大阪に移すことが、神様のみこころだと言うことをこのとき、はっきりと悟ることができたからです。

その翌日、かいちゃんに「お父さんがＯＫしてくれたよ。」と伝えました。相変わらず不安げな様子でしたが、父の言っていることには決して逆らわないのがかいちゃんなので、とにかく引っ越す準備をするよう伝えました。その後、東大阪の教会の近くの１ＤＫのマンションに住むことが決まり、またこちらに来てから、障害者枠で介護サービスを受けることができる手続きもすぐに行ないました。

かいちゃんが家を出て、一人暮らしをするにあたり、父は今までかいちゃんのためにあらかじめ貯めておいた貯金をおろして、かいちゃんに手渡してくれました。かいちゃんに入ってくる生活費は障害年金だけでしたので、足らない分をそれで補えば、数年位は十分に暮らせるだけの金額でした。そのことだけでも、かいちゃんの一人暮らしを後押しするに、十分な父親の愛だったと思います。

こうして、年が明けた二〇一四年十月、かいちゃんは人生ではじめて奈良の実家を出て、東大阪に移り住んだのでした。かいちゃんはこのとき四十九歳。およそ半年後の四月一日には五十歳の誕生日を、かいちゃんは新しい住まいで迎えたのでした。

◎始まった！　かいちゃん初めての……
（一人暮らし　ｐａｒｔ１．二〇一四年十月～二〇一六年七月）

かいちゃんの住まいは、教会の最寄りの駅（近鉄長瀬駅）と次の駅（近鉄弥刀駅）の間くらいのところにありました。教会までは自転車で十分もかからない距離でした。かいちゃんの部屋は一階の一番北端に位置し、間取りは１ＤＫですが、キッチンなどはゆったりしていて、陽射しも適度に入る、明るい部屋でした。

これからのかいちゃんの日常生活のサポートのため、さっそく介護サービスを利用することにしました。週に二～三回の割合でヘルパーの方々に入ってもらい、部屋や風呂、トイレの清掃、買い物や通院の同行をお願いし、私たちの負担を軽減しました。一方、私もできる範囲でかいちゃんのサポートをしました。かいちゃんが安心して日々暮らせるように、日々連絡をとって、わからないことなどがあるか聞いては、できるだけこれにこたえるようにしました。私の都合がつかないときには、伊達先生が彼女のサポートをして下さいました。

また私はかいちゃんに付き添って、付近のスーパーやディスカウントショップ、コンビニなどに買い物に行きました。奈良の実家では、一人で買い物などほとんど行かなかったかいちゃんですが、しばらくすると自分一人で自転車に乗って、買い物にいくようになったのには、驚きでした。環境が変われば、人は変われるものだと改めて実感しました。

一方、教会の近くに引っ越ししたのだから、日曜には必ず教会の礼拝に出席することをかいちゃんと約束しました。こうしてかいちゃんの新たな生活は、本当に何の心配もなく、すべてが順調に思えました。

◎戦いは激しくとも……

一人暮らしが始まって、半年が過ぎたころ（二〇一五年五～六月）のことです。再びかいちゃんは精神的に悪くなり、生活が昼夜逆転してしまいました。日曜日になると、家にひきこもったまま出なくなり、電話をしても出ないようになりました。私は何かあった時のため、あらかじめかいちゃんの部屋の合鍵を持っていたので、車で迎えにいくようになりました。そこからしばらくは、何とか教会に連れていくことができましたが、やがて迎えに行っても、暴言を吐いたり、平気で神様や教会の悪口を言って、教会には行かない、行こうとも思わないと言うようになってきたのです。もちろん、これはかいちゃん自身の発言ではなく、明らかに彼女を霊的に支配しているサタンによるものだということは明らかでした。

そのうちにかいちゃんは、私や教会の方々に対してのみならず、訪問介護のヘルパーさんにも、同じような態度をとるようになっていきました。家に来られたヘルパーさんが訪問するなり、帰るよう強要したり、入室を拒否したり、部屋に入って仕事されるヘルパーさんを困らせるようなことを言ったりするようになりました。

このことでサービスを一方的に打ち切る事業所もありました。当初は信頼していたにも拘らず、問題が発生するとすぐ手のひらを返したように、突然サービス提供を打ち切られるのは、あまりに配慮に欠けているとしか思えませんでした。この時期は、少しでも多くの方々の協力、支援なしにはやっていけなかったからです。

そんななか、どのような状況であっても、私たち家族と真摯に向き合って下さり、この後、かいちゃんが病気のため、賃貸を解約することになる二〇一八年二月まで三年余りの間、終始一貫して、かいちゃんに関わり続けて下さった事業所がありました。「青空ヘルパーステーション」（株式会社TTC）でした。そのサービス提供責任者であられる田淵さんは、心からかいちゃんの立場になって、ともに歩んで下さったのです。私たちでさえ、かいちゃんのわがままな要求や発言には愛想を尽かすことがよくありました。そうしたときには、かいちゃんと接触したり、電話やメールさえ無視したものです。しかし、田淵さんはどのようなときも、できるだけかいちゃんと関わり続けて下さいました。介護サービスと関係のない事であっても、田淵さんはかいちゃんのために時間をとって話を聞いて下さっていたのです。また、かいちゃんの家に訪問介護に来て下さった「青空」のヘルパーの皆様も、かいちゃんが拒否しようと、暴言を吐こうと、最後まで努めて、関わり続けて下さいました。「青空」の皆さんお一人おひとりの献身的な働きに、かいちゃんや私たちがどれほど助けられたかわかりません。まさに神様がかいちゃんのために備えて下さった人たちである、と今もそう思えるのです。

こうしてかいちゃんの日常生活は「青空さん」のご協力もあり、少しずつ改善していったのですが、一方で問題だったのは、かいちゃんの信仰生活でした。二〇一六年ごろより、教会からすっかり足が遠のいていたのです。

神の導きによって、せっかく教会のある東大阪に引っ越したのに……。「このままではかいちゃんは救われないのでは」と危惧するようになりました。私は伊達先生とかいちゃんのことについて、これからどう対処していこうか祈りつつ、相談しました。先生はとにかく今は、私たちのほうから直接かいちゃんの家に出向いて祈ったり、交わりをもつことによって関係を保つことが大事だと言われました。私もそれが必要だと思いました。

こうして時間があれば、かいちゃんの家に行き、関わりをもつようにしました。しかし、今度は、交わりさえもできないような状態になることが多くなりだしたのです。特にかいちゃんのために、とりなして祈ったりすると、これに反応するかのように、かいちゃんは暴れたり、のたうち回ったり、わけのわからないような状態になるのでした。明らかにかいちゃんのうちにいるサタン、悪霊のしわざでした。

かいちゃんのいやし、解放のためには、「霊的な戦い」をしなければならないと、私は強く思うようになりました。このままだとかいちゃんがどれだけ神様にすがろうと思っても、暗やみの勢力であるサタン、悪霊が彼女を支配しているかぎり、最終的にかいちゃんが滅びの道に連れていかれる可能性もあるからです。

かいちゃんの「救い」のために、私たちは、「霊的戦い」をすることに決心しました。早速、翌日から私は仕事が終わってのち、時間の都合がつけば、先生と一緒に、あるいは自分一人だけででも、かいちゃんの家に行くようにしました。また伊達先生も都合がつけば、かいちゃんの家に行って、頭に手を置いて祈って下さいました。私もかいちゃんの胸やお腹に手を置いて祈りました。やがて、祈るたびにかいちゃんの口から、明らかに異質なものが、私たちに向かって叫ぶようになったのです。「やめろ！　うっとうしい。」「こいつは俺のものだ！」

さらに韓国から宣教のために来られ、日本で働きをされている金宙完（キム・ジョアン）先生の聖会にかいちゃんを連れていきました。金先生は、神の力と聖霊の油注ぎにより、今までたくさんの病を癒され、しるしと奇蹟を通して、多くの人々を主に立ち返らせて来られました。聖会の途中、金先生はかいちゃんを呼び寄せられました。金先生が祈られると、やがてかいちゃんの口から、いつもの異質なものの声が話をし始めました。

「こいつが生まれたときから、こいつは俺のものだ。」「俺は何も悪くない！　おまえらのせいや！　おまえらのせいで、こいつはこんなことになったんだ！」と言いました。金先生が「おまえの名前を言え！」と問い詰められると、しばらくして低い声で言いました。「レ・ギ・オ・ン」。「レギオン」とはギリシャ語で「ローマ軍隊の一軍団」のことで、「多数」「大ぜい」を表わします。新約聖書には、この「レギオン」につかれた男の話が記されています（マルコ5：1～20、ルカ８：26～39）。

『イエスが（悪霊につかれている男に）、「何という名か。」とお尋ねになると、「レギオンです。」と答えた。悪霊が大ぜい彼にはいっていたからである。』

《ルカの福音書　8章30節》

つまり、かいちゃんのうちには、悪霊がたくさん入りこんでいて、長年にわたり彼女を支配してきたのでした。

金先生が祈って追い出そうとされるのですが、悪霊は神の圧倒的な力により、苦しみあえぎながらも「こいつは俺のものだ。今までずうっと、こいつは俺のものだったんだ！　俺は出て行かない！」と言い張るのでした。

◎いちばん大事なもの。「救い」
（一人暮らし　ｐａｒｔ２．二〇一六年八月〜二〇一八年二月）

聖会が終わってから、金先生が私と伊達先生を呼ばれました。「﨑さん本人の未熟な信仰、また心の中についた深い傷、赦せていない憎しみ、やり場のない怒りなどさまざまな原因が積み重なり、それらが悪霊たちの足場となっています。格好の住みかとなっています。それで、これはめったにないことなのですが、﨑さんの場合、今言ったようなこと以外にも、多くの複雑な要因が重なっていて、彼女から、これらの悪霊を全て追い出すことは、極めて、難しいのです。」と言われたのです。

そしてこう言われました。

「しかし、神様には不可能なことはありません。とにかく﨑さんのたましいが救われ、天国に行くことができるよう、祈って下さい。」かいちゃんは解放されない、ということに、私は少なからずショックを受けました。しかし、よく考えてみれば、このとき金先生の聖会に来るまでの二〜三ヶ月もの間、とにかく私たちはかいちゃんのうちにいるサタン、悪霊を追い出すために祈り、霊的な戦いをしてきました。そして私たちよりはるかに多くの霊的な戦いを経験されて、神の栄光を現わして来られた金先生が、これから﨑さんのことを、どう祈るべきか助言して下さったのですから、私たちとしては、とにかく今からは、「かいちゃんのたましいが救われること。」「そのため、彼女がイエス様を信じるその信仰が人生の最期まで守られ、決して揺るぐことのないように。」と祈ることが、神のみこころだと悟りました。

私たちはその都度、かいちゃんのことで最善のことをやり続けてきたのは確かです。それらがあるからこそ、これから行なうことを自信をもってやってみることができるのです。私は再び勇気と希望が心に溢れてくるのを感じました。私と伊達先生は、教会の方々にも協力をお願いし、かいちゃんのために一つとなって祈りました。

一方、私たちが霊的な戦いをしなくなったあとも、かいちゃんが良くなる気配はなく、むしろ悪くなっていったのです。しかしそれこそがサタンの惑わし、欺きであるとわかった私たちは、動じることなく祈り続けたのです。

やがて、かいちゃんは、夜中に大音量で音楽をかけたり、隣の部屋に助けを求めて、チャイムを鳴らしたりと、近所への迷惑な行為を頻繁に行なうようになってきました。戦いは明らかに激しさを増してきました。

またこのころから、かいちゃんは激しい幻聴や幻覚に襲われ、四六時中いろんな悪霊たちに話しかけられ、惑わされ、もはや普通に会話することさえも困難になってきました。

幾日か過ぎたある日、ついにかいちゃんは上の階の若い男性の住む部屋に助けを求めて、部屋の中に上がりこみ、そこに居座ってしまって出て行かない、とマンションの管理人から連絡があり、私は伊達先生とともに、二階のその部屋に行きました。何くわぬ顔で入りこんだまま、かいちゃんは部屋から出ようとしません。いくらことばで説得しようとしても、今のかいちゃんには話が全く通じません。私たちは住人の男性に謝罪したあと、部屋に入らせてもらい、かいちゃんを連れ出そうとしますが、大声をあげて抵抗する始末です。こうなったらと力づくで、かいちゃんを部屋から引きずりだしました。

すると今度は階段の前で再び座り込み、手すりにしがみつきながら、大声をあげて周りに助けを求める有様です。住人の方々が皆ドアを開けて、何事かというふうにこちらを見ておられます。かいちゃんが「助けて！」と叫ぶので、周りから見れば私たちが良からぬことをしているようにさえ見えたのだと思います。しかし今の私たちにはそんなどころではありませんでした。とにかく大声をあげて激しく抵抗するかいちゃんを、一時間ほどかけてようやく本人の部屋に連れ戻しました。このことがあって、ついにかいちゃんは管理人から翌月の末までに退去するよう、命じられました。

ゆっくり休んでいる暇もありません。しかし必ず神様は、歩みを備えておられると信じて疑いませんでした。

すると本当に不思議なことに、クリスチャンの知人の方を通して、すぐに次の賃貸の物件を見つけることができたのです。それも、今の賃貸の物件と間取りもほぼ同じで、部屋の状態も未使用かと思うほどでした。おまけに、前の物件よりもずうっと教会に近く、さらに通院している病院にもかなり近いところにその物件があったのです。家賃も前と同じでした。そのうえ何と敷金、保証金も不用だったのです。また昨今の賃貸物件に関する事情では、統合失調症のある人は断られる場合が多いようです。周囲とのトラブルが絶えないのが理由だそうですが、この賃貸の所有者の方は、家賃さえ滞ることがなければ、あとは不問だと言われるのです。

本当にこのような切迫した状況の中で、次の引っ越し先もあっという間に決まったのです。かいちゃんの「一人暮らし　パート1」は終了しました。私は家に戻ってから、自分が心から神様を信頼して歩んでいること、そしてこのお方に出会えた恵みを何度も何度も感謝しました。

二〇一六年八月、かいちゃんは、新しい家に引っ越しました。しかし、そこでかいちゃんの「一人暮らし」が、わずか一年と六ヶ月で終わってしまうとは、かいちゃんも私たちもその時は、全く知るよしもなかったのです。

第6章　主は道を造られる。～何もないように思えるときも

「主は道を　日々つくられる　何もないように　思えるときでも
主は御手で　みもとでささえ　新しい明日へ　主は道を　つくられる」
【主は道を造られる。（God Make a Way）】（ｂｙ　ドン・モーエン〈訳詞：田村　淳〉）

◎ひとりっきりの世界

二〇一六年八月、新しい家に移ったかいちゃんですが、前の家から出た時点でかなり悪い状態だったので、しばらく様子を見ることにしました。私たちがどんなかたちであれ、かいちゃんにかかわり過ぎるなら、彼女のうちにいるサタン、悪霊が必ずこれに反応し、攻撃してくる、と思ったからです。まして引っ越してきたばかりなので、万が一、騒ぎが大きくなり、周囲に迷惑をかけてしまうようなことだけは避けたいと思いました。

前の家から継続して訪問介護にはいって下さった「青空」のヘルパーさんからの報告による

と、かいちゃんは移転先の家に引っ越してからは、ほとんど外には出ていなかったようです。このような状況であっても、ヘルパーさんの訪問は、素直に受け入れていました。田淵さんやヘルパーの皆さんがこれまで、きちんとかいちゃんにかかわって来られたからこそ、かいちゃんも信頼して家に入ってもらっているのでしょう。ヘルパーさんのおかげで、私たちがかいちゃんの様子を把握できることだけでもずいぶん助けられたと思っています。なぜならこのころのかいちゃんは、私や伊達先生との接触を避けていたからです。電話をかけても全然出ません。逆にメールは一方的に、送られてくるのですが、ほとんどといっていいほど悪口や批判で、あとは意味不明な内容のものばかりでした。しかし、さすがに自分の心を襲ってくるサタン、悪霊による、言いようのない不安や恐怖にさいなまれると、私に電話をかけてきて、祈ってほしいと頼んでくるのです。かいちゃんの信仰のともしびはまだ消えてはいませんでした。しかし実際のところ、かいちゃんはたまに電話をかけてはくるものの、教会に来ようとまでは考えていなかったのです。

思い返すとこの時は、サタン、悪霊が、教会や信徒からかいちゃん自身をとにかく引き離そうとしていたように思います。それが顕著に表われた出来事がありました。引っ越してから二ヶ月ほど経ったある日、私一人でかいちゃんの家を直接訪れました。ところがチャイムを何度鳴らしても出て来ないので、私はあらかじめ持っていた合鍵でドアを開けました。するとかいちゃんは部屋にいたのです。しばらく来ない間に家の中は、洋服やかばんなど買い物の商品や紙袋やレジ袋が部屋中にところ狭しと、散乱していました。

かいちゃんは、明らかに私が無断で入ってきたことに腹を立てていました。「何で、勝手に家に入ってくるのよ。ここは私の家！　勝手に入ってこんといて!!」

私は言いました。「かいちゃんの家に来るたびに、チャイム鳴らすけど、かいちゃん絶対出ないやろ！　電話をかけても絶対出ないし、折り返し電話もかけないやん。こっちも用事あって、かいちゃんの家に来ているのに、そんなことでいちいち怒らんといて!!」

しかし、こんなことで、私たちの立場を理解し、和解しようとするかいちゃんではありませんでした。かいちゃんはたばこを吸いながら、「もうさっさと帰って！　出て行って!!」と怒りながら、私に詰め寄ってきました。ここで私が折れないと大変なことになるかもしれないので、もやもやした気持ちを抑えながらも、私はさっさとかいちゃんの家から退散した、ということがありました。

その日から二週間ほど経ったとき、仕事を終えてから、かいちゃんの家に今度は伊達先生と行きました。かいちゃんの様子や家の状況も見てもらえればと思い、先生に電話をして一緒に行ったのです。部屋の窓から電気がついているのが見えたので、かいちゃんが部屋にいると思って、チャイムを鳴らしました。しかし相変わらず何度鳴らしても出てきません。かいちゃんが怒ることも覚悟したうえ、前と同じように合鍵でドアを開けようとしました。しかし、さらに驚いたことに、合鍵が鍵穴に入らないのです。もしやと思い、「青空」の田淵さんならこの件について何かご存じかと思い、連絡してみました。田淵さんが電話に出られました。「すいません。﨑さん、貴子さんにも黙って何も言わないまま、鍵だけ変えていたんですね。実はうちの担当のヘルパーが、一週間ほど前に、うちで預かっている合鍵で入ろうとしたら鍵が合わず、チャイムを鳴らしたら﨑さんが出てきて、中に入れてくれたそうです。彼女が﨑さんに鍵のことをたずねると、「うちの家に勝手に入ってくる泥棒みたいな奴がおるから、業者に頼んで変えてもらったの。今度からヘルパーさんはチャイムを鳴らしてくれたら、ちゃんとドア開けます。私以外の人が、この家の鍵を持っているのが嫌なんです。ここは私の家やのに！」と言っていたそうです。

私もそのあと﨑さんに電話で確認したら、同じことを言っていたし、何より鍵を既に変えてしまったあとだったので、私からはもうこれ以上何も言いませんでした。でも貴子さんには、﨑さんが直接話したとばっかり思っていました。私が貴子さんに連絡すればよかったのに、すみませんでした。」

結局、かいちゃんが自分の判断で一方的に鍵を変えていたというわけです。

でも、このようなことをさせたのは、かいちゃん自身ではないのです。かいちゃんのうちにいるサタンが、この家に私たちが入ることを嫌がった結果、かいちゃんに家の鍵まで勝手に変えさせたのです。結果として、こういった経験がかえって私の信仰を成長させ、少しずつ霊的に物事を見分けられるようになったのだと思えます。霊的なことも、以前よりだいぶ理解できるようになったことを心から神様に感謝しています。これからの時代、サタンは聖書にあるとおり、自分たちの時の短いことを知って、激しく怒りながら、全世界に働きつつあります。ゆえに、サタンの策略に騙されないよう、皆さんが注意深く、慎重に行動されることを願うばかりです。

◎すべてのことに時がある

『天の下では、何事でも定まった時期があり、すべての営みには時がある。』
《伝道者の書　3章1節》

さて、かいちゃんは相変わらず、私や教会から意識的に距離を置いて、ますます自分の部屋のなかにこもるようになりました。このころがかいちゃんに直接接触することが最も難しい時期だったと思います。このような状況のなかにあっても、唯一「青空」のヘルパーさんが以前と何ら変わることなく、清掃や買い物などをこなしていただき、かいちゃんにとっては、どれほどありがたいものだったかわかりません。だから、担当のヘルパーさんがサービスに来られる時間には必ず、前もって玄関の鍵をきちんと外していたようです。

このころ、かいちゃんと直接接触していた人は、限られていました。「青空」の中でかいちゃんの家に入っておられたヘルパーさん数名とサービス提供責任者の田淵さん、そして妹の私だけだったのです。またこのころ、伊達先生はかいちゃんとの間に生じた、ささいな「トラブル」をきっかけに、かいちゃんとの電話やメールでのやりとりなどが一切できないよう、自らの携帯の設定を制限されたということがあったのです。

（アメイジンググラブチャーチ・伊達先生と﨑さんとの間に発生した「トラブル」についての回想）

二〇一七年になって間もないころの出来事だったと思います。ある日、東大阪市の障害者支援室から電話がありました。折り返し連絡すると、どうやら、私がかいちゃんとの電話のやりとりの中で発したことば、及び私がかいちゃんに送信したメールで使用されていることばや文言が、「障害のある方々に対する虐待の可能性がある使い方をしている」と判断されたため、その確認のために、連絡をしたのだと言われました。「つきましては一度、あなたの現在使用されている携帯電話と身分証明書を持参して、こちらまで来ていただき、そのときに直接お会いして、話を聞かせていただきたい。」と言われたのです。

結局、翌週の夕方に東大阪市役所内にある福祉部障害者支援室に行くことになりました。私は、自分が何をしたのか記憶もなく、当然虐待したという覚えもないので、まるで他人事のような、何ともいえない気分のまま足を運んだことを憶えています。

私のことば、言動について、何日か前にかいちゃん本人から、市役所に申告があったようです。早速、約束の日時に、私は東大阪市役所の障害者支援室に行きました。担当職員が二名現われました。まず、私が言った発言について、この場合に虐待に該当するかどうかということ。私がかいちゃんに送信した携帯のメールの中に虐待に該当することばがあったかどうかなどについて、確認をされました。

その後、担当職員は、かいちゃんに送信した携帯の発信メールの内容について確認されました。またかいちゃんが私から言われたと申告していることばや発言が虐待に該当するかどうかについて確認を受けました。

さらに、今後どのように注意すれば、今般のように虐待とみなされないのか、あるいは誤解を生じることにはならないか、丁寧なアドバイスをいただきました。

こういったことを踏まえると、今まで、かいちゃんとある意味親しい関係だったので、彼女へのことばやメールの内容がそれなりに厳しく、強い言葉になってしまったのでは、と言われました。私たち健常者はそんなつもりが全くなくても、受け取る障害のある方々からすれば、虐待としか考えられない発言にとれることも、よくあることだと言っておられました。

同じことばでも、健常者が障害のある方々に対して使う場合と、障害のある方々が健常者に対して使う場合でも、大きく違ってくる（虐待に該当する、該当しない、というくらい）ということです。私はいい機会にこの場が与えられたことに感謝しました。このことを機に私はもう一度、かいちゃんのみならず、今後関わる障害を持つ方々への接し方について、よくわきまえなければならないということを神様が教えてくださったのだと改めて思っています。

そして私はこのところで悟ったことがあります。私や住田姉妹、教会の皆さんは、もちろんかいちゃんに愛とあわれみをもって、心からかいちゃんのためにかかわってきたと信じています。しかし、どんなに心からかかわっても、愛とあわれみに満たされてかかわっても、その人をこちらの意のままに、こちらの思いどおりに、動かすことは、絶対にできないのです。また、絶対にできないのに、試みてはいけないし、強要もしてはいけないのです。

しかし、私は、かいちゃんの心を思いやることしかできないのに、いつのまにか、かいちゃんの心を思いどおりにしようとしていました。いつのまにか、かいちゃんと言い合いしようと思っていたし、かいちゃんと意見を主張しあおうと思っていたのです。お互いの関係さえ無理やり築こうとしてはならないのです。

「何事でも定まった時期があり、すべての営みには時がある。」という聖書のことばこそ真実だと思います。

神様は時をもって、かいちゃんを選び、多くの人々のなかから、選んでくださったのですから、かいちゃんの「命」も、かいちゃんの「救い」も、かいちゃんの「信仰」も、かいちゃんの「悔い改めと、天の父との和解」も、何もかも、私たちがあれこれ心配するまでもなく、すべて神の御手の中にあり、定められた時がある。と信じています。すべて約束どおり、成就してくださる神様だけを信じて、ともに歩むことを改めて教えられた機会でした。

◎神の御手が動いた〜通院拒否から即日入院に

『見よ。わたしは新しい事をする。今、もうそれが起ころうとしている。あなたがたはそれを知らないのか。確かに、わたしは荒野に道を、荒地に川を設ける。』

《イザヤ書　43章19節》

かいちゃんが新しいハイツに引っ越してから数ヶ月ほどしてから、前述のようにかいちゃんが、自分の部屋の鍵を無断でつけかえてしまい、はじめのうちはかいちゃんも玄関のチャイムを鳴らせば出てきていたのですが、しまいにはチャイムを鳴らしても、携帯電話を鳴らしても、再び出て来なくなりました。そのうえ、今回は合鍵を絶対に渡そうとはしませんでした。これも明らかに、私を家の中に入れるのを嫌がってのことだと思っています。

一方で日時が決まっている青空のヘルパーさんには、きちんと鍵を開けて、部屋に入れているのです。こうして私はかいちゃんの家には入ることができないままでした。ただ、ヘルパーさんを通して、かいちゃんの様子や家の中の様子だけは、たびたび電話で報告してもらっていただけでも、安心でした。ただ、ヘルパーさんがある程度片付けられても、かいちゃんの部屋は服やかばん、靴やブーツ、雑誌など、買ったものであふれかえっており、ヘルパーさんが整理しようとすると、怒って触らせなかったようです。私も気にはなりましたが、勝手に中に入れないこの時点では、神様がこの状況を動かして下さらないことには、私たちには何もできませんでした。

この状態でかいちゃんがこのハイツに入居して、一年半ほど経った二〇一八年一月の終わりのことでした。青空の田淵さんから電話があり、「﨑さんが、『薬がなくなったので、ヘルパーさんに病院へ取りにいってほしい。』と頼まれたのですが、病院に連絡すると、『﨑さんはこのところ、三ヶ月以上、ずうっと診察を受けられていないので、もう受診に来てもらわないと、お薬は出せません。』と言われました。私も﨑さんに言ってるのですが、もう一つ理解していないみたいなので、貴子さんからも一度言ってもらえませんか。」というものでした。たぶん薬がなくなってから、しばらく時間が経過して、ちょっと状態が悪くなって、今は理解できないのだろうということがわかりました。以前もお薬なしで数日過ごしていたら、意識が混濁していたので、今回もおそらく、同じ状態なのでしょう。

病院にまず電話してみると、かいちゃんがここ何回かは病院に「行きます。」と言いながら、結局行っていないとのことなので、私はかいちゃんに電話で言いました。「明らかにかいちゃんが病院へ診察に行かないといけなかったのに。行くって言ったのに、行かないから薬は出せないんだって。もうかいちゃんが行かないとダメです。私が言っても、田淵さんが言ってももらえないから。かいちゃんが行かないと。」

しばらく、しんどいだの、起きられないだの、文句ばかり言ってましたが、もう埒があきません。「かいちゃんが行かないと絶対にもらえないから！」と言い放って、電話を切りました。これ以上言ってもおなじことの繰り返しにすぎません。私はとにかく、このことを神様に祈りました。また神様が、かいちゃんを実際に、そのような状況に追い込まれているのことを感じました。私は伊達先生に連絡して、このことを祈っていただけるように言いました。その日の晩、私も神の御前にひざまずき、祈りました。

このときから、神の御手が、かいちゃんを動かし始められたのです。ハレルヤ！

翌日かいちゃんは、身体のしんどさを覚えながらも、しぶしぶ自転車に乗って、病院までやってきたのです。実際に前の家なら、病院まで自転車でも十分近くかかったでしょう。しかし、今の家はすぐそばです。自転車で二～三分もかからないほどの至近距離でした。しかし、これまで何ヶ月も病院に行けなかったのも、神様のご計画だったとは、誰が知り得たでしょう？　病院ではヘルパーさんに付き添ってもらい、数ヶ月ぶりに診察を受けたのですが、何とかいちゃんはそのまま即日入院となってしまったのです。不自由な環境に入れられたかいちゃんは、「早く家に帰りたい。」と何度も担当の先生や看護師さんに頼みますが、意識が朦朧としているうえ、幻聴や幻覚に翻弄され、ふら付いているかいちゃんが、入院を取り消しできる見込みなどありませんでした。

不思議なことにかいちゃんが入院させられたことによって、一切のことを、かいちゃんは再び私に頼らざるを得なくなりました。つまり、この日を境に、かいちゃんとの関係が再び回復へと向かうことになったのです。

◎救急搬送されたかいちゃん～救命医療センターに緊急入院

こうして、入院することになったかいちゃんでしたが、本人はしばらくすれば、退院できると思っていたようです。でも実際のところは、入院当初から状態は悪く、本人も早く家に帰りたいと言っては、かなり暴言を吐いていたようです。そのため何度も保護室（自分が抑えられない患者さんが、周りに危害を加えてしまうことがないように、とどめておき、様子を観察するための個室）に入ったと後で聞きました。

かいちゃんが強制入院となったことで、再び私たちとの関係回復への扉が開かれました。しかし、当初は私は、彼女と接するのがとても恐かったのです。なにしろ病院の判断とはいえ、強制入院には、身内の承諾が不可欠でした。かいちゃんに関わっている身内は、私一人でした。ですから、かいちゃんが「私を入院させたのは貴子だ。貴子のせいで、私はこんな所に無理やり入れられたんだ。」と暴言を浴びせられると思うと怖くて、このことでも私は神様に、かいちゃんとの関係の回復を神が介入して下さるように祈りました。

入院して初めて面会に行ったとき、姉は私に対して「何しに来てん。近寄らんといて。早く帰って！」と罵声を浴びせました。そばにいた看護師さんがとっさに彼女をなだめて下さいました。私はまたこんな状態がいつまで続くのかな、と思うとしんどくなりました。しかし、家に帰ると、入院しているかいちゃんに対してあわれみが来るのです。だからこれから面会に行く前に神様に祈ってから私は行くことにしたのです。「主よ。どうか姉を助けて下さい。あなたにしかできません。今日も穏やかに接することができますように。」

すると、不思議なことに二回め以降は神様の話をしても拒まなくなりました。

　その後も、かいちゃんは保護室に入れられていたので、却って二人でゆっくり祈ることもできました。人の目には大変な所に入れられているんだと思われるかもしれませんが、このことさえも神様の配慮だったのです。

　ある日、面会の約束をしていた日、私は頭痛に襲われ、姉に電話で「今日は頭痛いから、行けないわ。」と言うと、姉は「あんたは、私を裏切る気か。来てちょうだい！　待ってるから！」と言われました。一方通行の会話に私は頭痛をおして、しぶしぶ面会に行く用意をしました。そしていつものように神様に祈ると、主は私にある思いを下さいました。「あなたの隣人に、自分がしてほしいと思うことをしてあげなさい。」このことばを聞いて、神様が姉に対していま、私がすべきことなんだと感じました。姉にとっては私が会いに行くことこそ、今最も必要なことなのだ、と悟らされたのでした。考えてみれば、強制入院となり、必要な手続きや必要な日用品、また新たに購入しなければならないものなどは、すべて私を通さなければならなくなったので、かいちゃんは、私にたよらざるを得なくなったのです。その思いを理解しようとしなかった私のほうが間違いだと気づいたのです。以降かいちゃんとの約束を必ず守って私は面会に行きました。かいちゃんの状態も波があって、いい時には神様の話をして、一緒に祈ったり、「聖書、家から持って来て。」と頼んだりもするのですが、悪くなると、神様の話をした途端、「もうそんな話やめて！」と拒むのです。ある時には、あの分厚い聖書も真っ二つに破っていたりもしました。でも、そのたびにサタンの仕業だと悟り、とにかくかいちゃんから出ることばや行ないをよく見分けて、安易に振り回されないようにしました、

入院してから四ヶ月経った二〇一八年六月中旬のことでした。仕事中に突然かいちゃんの入院している病院から電話がありました。かいちゃんが呼吸ができないと言って、苦しみだしたので、中央環状線沿いにある東大阪市救命医療センターに救急搬送されたとのことです。とりあえず私は仕事を早退し、伊達先生にも連絡して、一緒に病院まで行きました。病院に行くと、肺水腫だとわかりました。すぐに水を抜いたため、病状も落ち着いているとのことで、とりあえず安心しました。五時ごろようやく本人に会えましたが、元気そうで何よりでした。診察された先生によれば、内臓全体の機能が低下しているために起こるもので、また何ヶ月かすれば、水がたまる可能性がかなり高いとのことでした。とりあえず今日だけで三リットルもぬいたとのことで、結構な量に驚いた記憶があります。かいちゃんにそのことを言うと、いやそうな顔をしていました。水をぬくには、体内にチューブを挿入して、そこからぬいていくのですから、結構痛かったのでしょう。

私と伊達先生は何気なく、かいちゃんのベッドの傍らに置いてあった水の入った容器を見て

びっくりしました。何とかいちゃんの体内から出た水は「茶色」だったのです。それが何を示しているのかは、明らかでした。私は言いました。「かいちゃん。身体から出た水見た？　普通の色じゃないよ。かいちゃん自分の身体のことよく考えてみて。」かいちゃんはその時は何も答えませんでしたが、よくわかっていたと思います。実はかいちゃんが煙草を吸うようになったのは三十歳過ぎてからだと生前本人が言ってました。おそらく奈良の大和郡山の病院に入院したころに、何らかのきっかけで吸うようになったのだと思います。そこから教会に初めて来た十年前（四十一～四十二歳のころ）には一日三箱も吸うヘビースモーカーになっていたのでした。またお金がないときには、フィルターのないニコチンの強い煙草を買って吸っていたのを記憶しています。またたばこをフィルター直前まで吸うので、かいちゃんの右手人差し指は当時茶色く焦げて変色していました。それほどかいちゃんにとって、煙草は不可欠なものになってしまっていたのです。

入院して一週間くらいして、またもう一度水をぬき、その数日後にかいちゃんは退院しました。といっても、家には戻れず、再びこの前まで入院していた精神科の病院に戻ったかたちです。

するとかいちゃんに奇蹟が起こっていました。煙草を吸いたいと思わなくなっていたのです。それどころか、患者さんの利用している喫煙ルームに入るなり、気持ち悪くなって、すぐにそこを出たのだそうです。かいちゃん自らこう思ったのだそうです。「何でこんな気持ち悪くなるもん、吸っていたんやろ。」

確かにかいちゃんは肺気腫で入院している二週間ほどの間、煙草を吸っていない期間があったのです。しかし、神様は「煙草を吸わない」この間に、「煙草を吸えない」身体に造り変えられたのです。

やがて煙草を吸わなくなったかいちゃんは、みるみる血色も良くなり、目の下にあった「くま」も消えて、健康的な顔になっていったのです。ほんとうに神様は、ミラクルでアメイジングなお方なのです!!

◎一人暮らしはもうおしまい〜施設を捜せ

かいちゃんが再び精神科の病院に戻ってきたのが、六月下旬でした。戻ってきてから、すぐにケアマネさんからかいちゃんの今後の処遇について、話をしなければならないと言われました。それによると、かいちゃんの検査結果で、腹部にがんの疑いがあり、数値を見るとかなり進行していて、余命半年ほどと言われたのです。もちろん本人にはまだ言えませんでした。また、かいちゃんの場合、これからも肺に水がたまる可能性があると救命医療センターで言われてましたが、今かいちゃんが入院している病院が精神科専門なので、水をぬく設備もなく、その度に別の病院に水をぬきにいかなければならないということになるのだそうです。一方でかいちゃんには、精神の疾病もあるので、昨年、泉北に新しくできたこの病院と同系列の新しい病院ならば、精神科も内科も併設されているので、そちらのほうに転院することをすすめられました。しかし、もしその病院への転院をされない場合は、ご家族の方で、ふさわしい施設を探してもらっても、構わないとのことなので、とりあえず探してみることにしました。

正直言って、この話がきたときには、いったいどうすればいいのか、私には全くわかりませんでした。確かに、泉北の病院ならば、手続きも簡単ですし、転院するのも楽だと思います。しかし、東大阪から泉北までは、片道でも二～三時間は要します。会いにいくにも、必要なものを持っていくのにも、かなり負担になると思います。ましてかいちゃんのことですから、急に来てほしいとか、何か物を持ってきてほしいとか、いうことに対応するなら、遠方だけは避けたいと思いました。かいちゃんにこの先、もしものことがあればと思うと、それだけはどうしても避けたいと思いました。この時点で私たちにはクリアしたい条件が二つありました。一つはどれだけ遠くても一時間以内で行ける所。もう一つは、精神の疾病を持っていても、受け入れてもらえる所、ということでした。しかし、後の条件もとても大きなハードルでした。私も教会の方々も、そういう病院や施設に関する知識はほとんどゼロでした。こうなったら、とにかく知っている人なら誰でもいいから、片っ端から聞いていくしかない、と私は思い立ちました。

翌日、私は働いていたデイサービスで、一緒に働いている女性に、姉のことを少し話ししてみました。すると、彼女がうちの社長は顔が広くて、介護業界でも名の知れた方だから、一度社長に聞いてみたら、と言われたのです。そこで早速、仕事が終わってから社長に話しました。すると社長は「最近、隣の八尾市に緩和ケアの施設ができて、そこの先生知っているから、今聞いてみてあげるわ。」と言って、すぐに電話で連絡をとって下さったのです。その施設は二十四時間介護の体制があるだけでなく、緊急の場合にはいつでもすぐに先生が施設に来られる体制をとっているのだそうです。また水をぬく設備も備えてあり、かいちゃんが精神疾患を持っているということに関しても、施設としてある程度の経験も理解もあるので、大丈夫ですとの返答でした。ただ今すぐに入ってもらわないと先に延ばされたら、いつ入れるか保証できないと言われました。でも聞いたかぎりでは、これからのかいちゃんにとって、このうえなく相応しい施設だと思いました。ただ、今のところ、かいちゃんがとても元気なのであまり急に施設に移すのも、どうかと思って、少し躊躇していると、他に入所された方が入ってこられたので、次いつ入れるかわからないと言われてしまいました。

そこで神様に祈りました。「神様、あなたがかいちゃんに与えて下さった場所なら、そこに入れるようにして下さい。でもそうではないのなら、神様みこころに従います。」

するとしばらくして、施設から電話がありました。七月の中旬のことでした。八月一日からかいちゃんは、その施設に入れることになったのです。考えてみれば、私たちがあれこれ探さなくても、あっという間に決まったのです。おまけにその施設の場所を調べると、八尾市とはいえ、ほとんど東大阪市との境界にあり、車でいけば教会から十分あまりで行くことができるのです。何もわからない私たちのために、神様は次の場所を備えて下さっていたのです。こうしてかいちゃんは半年の間、お世話になった精神科の病院を退院し、八月一日、八尾市にある「しろばと緩和ケアホーム」に入所しました。

第7章　主よ。みもとに近づかん～天国に向かって羽ばたけ!!

「主よ　みもとに近づかん　のぼる道は　十字架に
　ありともなど　悲しむべき　主よ　みもとに近づかん。」
　　　　　　　　　【主よ。みもとに】(讃美歌　320番)

◎場違いな（?）入所者～素晴らしい神様が選ばれた施設へ

　こうして、かいちゃんは「しろばと緩和ケアホーム」に入所することになりました。かいちゃんの部屋は一階の一番左奥でした。館内はいたって静かでした。それもそのはずです。入所者の方のほとんどがご高齢の方だったからです。それも寝たきりの方が大半でした。もちろんかいちゃんが入所者のなかで「最年少」だったのは言うまでもありません。当初かいちゃんはよく尋ねてきました。「なんで私こんな所に入ることになったの。」

　私は「精神科の病院にいてても水がたまったら、その度に転院しないといけないでしょ。ここでなら、いつでも対処してもらえるから。」と説明しました。

かいちゃんが暮らしていたハイツは七月いっぱいで解約しました。かいちゃんにはまだ言ってなかったのですが、おそらくもう戻ることはないだろうし、家賃もばかにならないので、伊達先生や妹、子どもたちと時間の都合をつけて少しずつ、約一ヶ月近くかけて、片付けました。普通なら、女性一人暮らしの部屋なので、もっと手っ取り早くできたでしょうが、かいちゃんの場合は、とにかく買い物に依存していたせいもあって、ありとあらゆるもので部屋中あふれかえっていたのです。とにかくかいちゃんがずっと使ってきたもの以外は、ほとんど処分するか、買い取り専門のお店に行って二束三文で売却しました。その他必要なものはまとめて、コンテナボックスを借りて、そこに保管しました。

一方で、かいちゃんにとってこの施設は、神様が選ばれた、ふさわしい施設だとしかいいようがありませんでした。

入所者の方全員が個室対応になっており、部屋もゆったりとした間取りになっています。もちろんテレビやラジカセ、冷蔵庫なども持ち込みで置くことができました。屋上にはくつろげるスペースがあり、ガーデニングや家庭菜園もできるようになっていました。また周囲に高い建物もないので、見晴らしもとてもよく、かいちゃんも暇になると屋上にあがって、よく一人で過ごしていたようです。そして、かいちゃんの大好きな買い物も、施設の方でお金を預かってもらい、一日一回五百円までと決めました。そして向かいにあるコンビニまで買い物に行くというかたちにしました。かいちゃんはこれによって、不要な買い物をしなくなりましたが、毎日日課のようにコンビニには必ず行っていたようです。

何はともあれ、この新たな施設での生活が始まったのですが、私が感じたのは、かいちゃんがここに来たことが、はじめは場違いかなと思えたほどでした。先にもふれたとおり、ここの入所者のほとんどの方が高齢者で、その中に一人だけ、大人しくしているかと思いきや、突然騒々しくなり、時には職員の方に暴言を吐く、かいちゃんのような子が、ここにいるのは何だか危なっかしいような感じもしました。しかし、時間が経つうちにそれが思い過ごしであるとわかってきたのです。ここにおられる職員の皆さんが本当にかいちゃんにゆったりと接して下さり、何から何まで思いやりをもって対応して下さるのです。またかいちゃんも不思議なことに、だんだんと落ち着いた日々を送るようになってきたのです（もちろん状態の悪い日もありましたが）。一方で以前に検査結果として現われたがんの兆候は全く現われません。年末になっても、何ら変わりなく元気なかいちゃんは、そのまま新しい年をこの施設で迎えることができたのです。以前の検査結果により余命半年と言われたことがまるで嘘のようでした。このまま元気でいてくれるならと、とにかく安心したのを覚えています。

◎かいちゃんおかえり!～教会生活の回復～

かいちゃんが「しろばと」の施設に入ったことによって、遠のいていた関係が少しずつ回復していきました。私だけでなく、伊達先生もやがてかいちゃんに会いに行かれるようになったり、妹の真由美も会いに来るようになりました。またかいちゃんも何かあると私に頼るほかないので、事あるごとにかいちゃんと再び会うようになったことで、以前のように神様の話をしたり、一緒に祈ったりできるようにもなりました。

また、すっかり教会の礼拝からも離れていたかいちゃんですが、私も伊達先生もそのことは祈っていました。

神様は私たちがたとえ、一度神様への信仰や教会から離れたとしても、立ち帰ってくると喜んで受け入れて下さる方だからです。かいちゃんも今まで幾度となく、教会から足が遠のいたときがありました。しかし神様は、心から悔い改めるなら、何度でもやり直しさせて下さる『愛なるお方』なのです。だから、施設にかいちゃんを見舞いに行くたびに、日曜日一緒に教会に行こう、と私は少しずつ誘うように働きかけました。

当初は躊躇していたかいちゃんでしたが、入所して五ヶ月が過ぎたその年の十二月二十三日、クリスマス礼拝のとき、三年半ぶりに、教会の礼拝に出席することができたのです。幸い、教会から施設までは近いので、私が車でかいちゃんを施設まで送り迎えしました。教会の皆さんもかいちゃんが久し振り教会に来たことを喜んでくれましたし、かいちゃんもみんなから声をかけてもらったことが嬉しかったようです。かいちゃんと一緒に賛美歌を歌えることは、私にとっても感慨深いものがありました。かいちゃんも教会に来て、礼拝できたことが、自分自身にとって喜びと自信になったのだと思います。

その後、年が明けた二〇一九年一月六日の礼拝から、かいちゃんは毎週教会に来るようになりました。そして来れば来るほどかいちゃんは施設に帰ってからも、聖書を読んだり、祈ったりするようになり、神様にあって満ちあふれた生活に変わってきたのです。礼拝で配るプリントも「帰ってから、これでもっと神様のこと、私勉強するねん。」と言って、一生懸命メモをとっては、毎回きちんとファイルしていたのです。私たちがずっと願ってきた以上のことを神様がかいちゃんにして下さっていたことは、誰の目から見ても明らかでした。

こうしてかいちゃんは体調が悪くなって、歩くことができなくなる、五月上旬まで、ほとんど休むことなく教会の礼拝に来ることができたのです。最後の二回の礼拝は、かいちゃんの体調が少し悪かったようですが、それでも教会に行くと言って、やってきたのです。以前ならきっと休んでいたでしょう。

最後に来たときは、礼拝の部屋にマットを用意しました。かいちゃんはその上でずっと横たわったままながらも、最後まで礼拝に出席し、横になりながらも賛美歌を声を出して歌い、聖書も広げて読んでいました。かいちゃんのその幼子のような姿を神様はどれほど喜んで見ておられたことでしょう。

◎戦いはもう、じゅうぶん

本当に病気なのかな、と思うほどに、元気にしていたかいちゃんでしたが、四月の終わりごろから、腹部がふくらみはじめました。施設で溜まった水をぬいていただいたのですが、それから間もなくして、再び腹部がふくらみはじめたのです。やがて歩くのが困難になり始め、五月に入ると車椅子でしか移動できなくなりました。またこの施設に入所してから、ご飯が美味しいとのことで、かいちゃんは毎食大盛りで出してもらい、ずっと完食だったそうですが、このところ一ヶ月ほどで急に食欲が落ちてきて、何よりもご飯が喉を通りにくくなってしんどいと言うようになってきたのです。

ちょうど、かいちゃんの病状について、施設長の栗岡先生が一度ご家族と話がしたいとのことで、妹の真由美と伊達先生と一緒に施設のクリニックに行きました。先生からレントゲン検査の結果などをもとに話を聞きましたが、やはり身体全体の機能が低下しているため、一時的に水をぬいてもまたすぐ水がたまるでしょう、と言われました。逆にあまり頻繁に水をぬいても、かえって身体に負担がかかるので、もうしばらく時間を置いてから、少し水をぬいてみて、そのあとは経過を観察しましょうとのことでした。

残るはがんの検査についての相談です。前年の六月に市の救命医療センターに入院したときから、がんの検査は行なっていなかったので、その後の病状がどうなっているか全くわかりませんでした。ただ一つ言えることは、そのときの検査結果で余命半年だと言われたのですが、その時から十ヶ月以上経過している現在も、かいちゃんは生きているということです。ただこの一ヶ月ほどで歩けなくなってきたので、身体が弱ってきているのは明らかです。がんが進行していることも考えられます。ただ実際のことはわからないので、検査するかどうかも含めて、先生に相談するほかありませんでした。

相談してわかったことは、先生がおっしゃるには、精密検査をすれば、かいちゃんの病状は明らかになるのですが、検査結果次第では病院に入院して治療をしなければならない義務が生じるのだそうです。すでに昨年がんの疑いがあるとわかった時点で考えていたことは、今現在の時点で、かいちゃんががんの治療に耐えるだけの体力も、精神力もないと思うし、それ以上に今まで十分病気と闘ってきたのに、ここに来て、さらにまた新たな病気の治療のために大変な思いをさせるのは、あまりにもかわいそうだということでした。その点に関しては、真由美も、伊達先生も全く同じ意見でした。かいちゃんのことを考えてみれば、治療のためにしんどい思いをして少し長く生きるよりも、神様によって、できるだけ苦しみも痛みも労苦もなく、穏やかに残された時間を過ごして、天に召されるほうが、きっといいのでは、と思ったのです。思えば、かいちゃんが緩和ケアの施設に入ったというのも、私たちのその思いをくんで下さった神様の「計らい」としか思えないようなことだったのです。かいちゃんが今までの人生で、誰よりも苦しみ、痛みを味わってきたことは疑いようのない事実です。

彼女の人生ほとんどが病気との戦いだったと言っても過言ではありません。かいちゃんの気持ちもきっと私たちと同じに違いないと思いました。こうして、かいちゃんのがんの精密検査は行わないことで一致しました。

◎死ぬことなんか怖くない！

先生との面談を終えてから、私と真由美と伊達先生とでかいちゃんに会いに施設へ行きました。みんな揃って来たので、かいちゃんは嬉しそうにしていました。天気もよかったので、かいちゃんを連れて施設の屋上に上がりました。屋根がある中央のところにベンチがあるので、かいちゃんを囲むようにして、みんなで座りました。

真由美が駅前にあるケーキ屋さんで、プチシュークリームを買ってきてくれたので、みんなで食べました。おやつに目がないかいちゃんは、とてもおいしそうにシュークリームを頬ばっていました。車いすに乗っていたけどかいちゃんは、元気そうにみえました。何より、かつて姉妹三人がこれほど仲よく、穏やかに時間を過ごせるなんて夢のようでした。十年ほど前には、三人ともがお互いに全く疎遠で口もきかない関係になっていたことなんて、嘘のようでした。

私は少ししてから、かいちゃんに今まで黙っていたことを話しました。親しい間柄なのに、言わないのが、かいちゃんのためだとも思っていたのですが、このまま言わないなら、後悔するかもしれないと思ったからです。

「かいちゃんの身体のことやけど、本当は去年水がたまって救命センターに入院した時、検査結果でかいちゃんの身体にがんがあるって言われたん。それも検査の見立てでは、余命半年って言われてん。……」

かいちゃんはこれを聞いて、しばらく黙っていました。

伊達先生が言われました。「でも、かいちゃん今も、こうして生きているやろ。イエス様がかいちゃんのこと、きちんと見ておられる証拠やで。かいちゃんの良いように、イエス様がして下さるから、とにかくいつもイエス様だけ見上げて、これから過ごしていこうよ。みんなもこうしてかいちゃんのそばにいるし、大丈夫やんな。」

かいちゃんが切り出しました。「もう私、死ぬことなんか怖くないよ。イエス様がおられるから大丈夫！」

はっきり言って、かいちゃんがこんなこと言うなんてちょっと意外でした。でも嬉しくなりました。あれほど、小さいころから、どんなことに対しても、事あるごとに怖がって、いつもおじけづいていたかいちゃんの口から、こんなことばが聞けるとは、どう考えても神様が今、かいちゃんの心を守っておられるとしか考えられないような素晴らしい瞬間でした。

続けて私は、かいちゃんのハイツを昨年八月に解約して部屋の中も全て片付けたこと、またかいちゃんの持ち物、衣類や生活に必要な品物は保管しているけれども、それ以外のもの（特にかいちゃんが大量に買った衣料品、かばん、靴類など）は既に処分したことも話すことができました。かつてのかいちゃんなら、物に対する執着心が半端なかったので、このことを聞くやいなや、腹を立てて、私たちに詰め寄っていたと思うのですが、このときのかいちゃんは、明らかに以前とは違ったかいちゃんでした。自分の部屋もないこと、自分の持ち物もわずかしかなくても、全く動じることなく、淡々とそれらのことを受け入れてくれたのです。

全部かいちゃんに言えて、私もほっとしました。これほど親しい関係に今あるのに、隠し事があるのは嫌だったので、このとき全てかいちゃんに言えたこと、かいちゃんが現状を何から何まで、ありのまま受け入れてくれたことでずいぶん肩の荷が下りました。しかしながら、実はこれら全ては、神様がして下さったことなのです。神様は着実に、かいちゃん自身の人生の「ご計画」を一つひとつ成し遂げて下さっておられたのです。

◎かいちゃんの悔い改め

『もし、私たちが自分の罪を言い表すなら、神は真実で正しい方ですから、その罪を赦し、すべての悪から私たちをきよめてくださいます。もし、罪を犯していないと言うなら、私たちは神を偽り者とするのです。』

《Ｉヨハネの手紙　1章9～10節》

かいちゃんは、それから日を追うごとに身体が弱っていき、やがて食べることができなくなりました。腹部に水がたまり、胃が圧迫されて食物を飲み込めなくなってきたようで、少し食べても嘔吐するようになりました。度重なる嘔吐で口には口内炎がいくつもでき、喉も荒れて痛かったようです。その結果、鼻からチューブを入れて、食べたものが鼻から出るように処置してもらいました。

教会の日曜礼拝も五月五日の礼拝が最後に出席した礼拝となりました。不思議なことですが、このころからかいちゃんは身体の状態に反して、精神状態はずうっと穏やかでいられたのです。

私が見舞いにいっても、今までのかいちゃんなら、良いときは会話もできるのですが、悪い状態のときには、行っていきなり無視されたり、拒否されたり、おかしな言動を言ったり、悪魔が言っていることを私たちに話したりしていました。でも身体が弱り出したころから、以前さんざん見せられた悪い状態が少なくなってきたのです。もちろんかいちゃんに時々悪魔が遠くからかいちゃんの方をみていたり、話しかけたりすることはあったようです。しかし以前なら「奴ら」の話や誘惑に魅せられて、話しつづけたり、悪魔の思いにすっかりはめられたりしていたのですが、このころには「タコたん。悪魔がそこにいるから祈って。」と祈りを求めたり、私たちがいないときには、あらかじめ、かいちゃんに教えておいた「守りの祈り」を自分でするようにまで変えられていたのでした。

あるときかいちゃんの見舞いに行ったとき、かいちゃんは自ら、今までどれだけ周りの人たちに迷惑をかけたり、傷つけたりしてきたか、しみじみと私に話し始めたのです。それから私にもこう言ったのです。「タコたんにも長い間、いっぱい傷つけたり、迷惑ばかりかけて、姉としては失格やった。本当にごめんなさい。」

かいちゃんが、私たちが諭すまでもなく、自らの口でこう言ったことに本当に感動しました。私も言いました。「私も、かいちゃんのことは、一時はもう姉妹とも、家族とも思わないようにして、それだけかいちゃんのこと無視していたことも確かにあったから、本当にそのときのことも含めて、私もかいちゃんに謝るわ。ごめんね、かいちゃん。」

かいちゃんは涙を流しながら、でも、とてもすっきりした表情で、うなづいてくれたのです。

この後、二人で神様に悔い改めの祈りをしました。神様はあれだけ、悔い改めることからほど遠いところにいたかいちゃんの全ての罪を告白させることによって、すべてお赦しになったのです。人間は自分の罪を自分で取り消すことはできません。ただ、私たちの救い主であられるイエス・キリストが私たちの罪を身代わりに背負われ、十字架にかかって死なれたことを信じることによってのみ、罪は贖われるのです。このことを知っていながらも、悪魔に騙され、自らの内面にある心の傷や寂しさ、憎しみのゆえに、悔い改めることのできなかったかいちゃんを、神様は決して見捨てられはしなかったのです。

◎十字架がほしい!!

この時期に、とてもかいちゃんらしい、恵み深い出来事がありました。施設の主任であられる三田村さんという方がいらっしゃいます。普段から時間を見つけてはいつもかいちゃんの部屋に行って、話し相手になって下さったり、買い物に同行して下さったおかげで、かいちゃんも「ミタムン」と呼んで、とても信頼を寄せていました。かいちゃんが歩くことができないようになってからは、三田村さんが毎日かいちゃんの部屋に足を運んで欲しいものを尋ねては、買いに行ったり、用立てて下さっていました。

そんなある日、三田村さんがいつものようにかいちゃんに「今、欲しいものは何ですか。」と尋ねられたところ、かいちゃんは「十字架がほしい！」と大声で言ったのだそうです。

普通なら私たちに連絡すれば、すぐに十字架のネックレスとか、ロザリオとか用意できるものを、三田村さんは私たちの手を少しでも煩わせまいと、職員やスタッフの方々に聞いて回られたそうで、しばらくするとボランティアで来ているスタッフの女の子が自分が持っているのを嶋さんにあげて下さいと言って十字架のネックレスを持って来られたそうです。三田村さんもとりあえずこれでいいのかなと思いながらも、そのネックレスを持って、かいちゃんに見せに行かれたそうです。そうしたら、かいちゃんはとても大きな声で「十字架！」と言って喜んで、これを手にとると嬉しそうに握り締めたそうです。その十字架のネックレスはかいちゃんが天に召されるまで、首からかけて、いつもその手に握り締めていたものでした。

もしかしたら、本心ではかいちゃんも、自分の地上の人生の終わりを内心では気づいていて、死ぬことを少なからず、恐れていたのかもしれません。でも、そんなかいちゃんにとって、この十字架のネックレスは、まさに「ともにおられるイエス様」そのものだったのだと確信しています。

また、私たちにとっても、三田村さんや「しろばと」の皆さんが、かいちゃんのために十字架を探して用意して下さったことを通して、この施設に来たことが間違いなく神様のみこころであったということ、また、ここでかいちゃんが人生の最期を迎えることが、神様のご計画であったことを確信させられました。

今まで、家にいても、病院にいても、つねに周囲から距離を置かれるような存在でしかなかったかいちゃんが、人生の最期に周囲から温かく見守られ、またそればかりでなく、疎遠だった私たち家族や教会の方々と再び親しい関係を取り戻したこと、これら全てが、本当に奇蹟でしかないと感じています。そして、その全てを回復させ実現して下さったのが、他ならぬイエス様でした。これらを通して、「﨑 佳世子」という一人の娘を、神様がこよなく愛され、全てを益として下さったということを私たちは目の当たりにすることができたのでした。

◎弱い時にこそ強くされる神

かいちゃんは、五月の半ばを過ぎたころから、少しずつ体調を崩すようになってきました。施設からの連絡も多くなってきました。腹部も今までにないほどに膨らんでしまい、そのために胃腸が圧迫されて、食べることがだんだんできなくなり、たびたび嘔吐するようになりました。食べ物はともかく、水分まで嘔吐すると、脱水症状を起こすため、鼻からチューブを入れて、そこから水分や薬を補給できるように処置して下さいました。

でも一方でかいちゃんの意識ははっきりしていて、元気だったと思います。食べることがこの施設に来てからのかいちゃんにとっての数少ない楽しみの一つでした。食べられなくなったのだけれども、かいちゃんは一口でいいから、食べたいものを口に入れて味わいたいという欲求があったようです。そこで、かいちゃんのところに行くと、彼女の口にしたいものを聞いては、向かいのコンビニへ買いに行きました。買ってくるととても嬉しそうにして、食べたい物を私が口に入れるなり、目を丸くして「この味グッド！」と言って親指を立てて、喜んでいました。ときには、ヘルパーさんに直接口にしたいものを言うこともありましたが、そんな時には三田村さんが買い物に行ってくださいました。

私がいたとき、一度だけかいちゃんは「ステーキが食べたい。」といったので、ステーキ弁当を買いに行ったことがありました。ステーキを一切れ口にして、とっても満足したということもありました。動けなくなったかいちゃんにとって、それが「大いなる楽しみ」だったのです。一方、私たちにとってはかいちゃんの欲しいものを買って、口に入れてあげて、かいちゃんの喜ぶ顔を見るのが「大いなる楽しみ」でした。

やがて六月にはいると、食べ物もお菓子も口に入れることもできないようになってきました。

お茶やジュース、アイスといった水分しか喉を通らないようになってきたのです。嘔吐する回数もふえてきました。このころ鼻に入れているチューブを自分で抜いてしまったことが一度あったそうです。チューブからあがってくる自分の胃の臭いが気持ち悪くて、しんどかったようです。また呼吸するのがしんどいからと、昼夜問わずヘルパーさんたちをたびたび呼んでは、身体をさすってもらったり、励ましてもらったりということも頻繁になったようです。でも施設の皆さんは、どんなときもかいちゃんの思いに寄り添って下さいました。本当に感服します。

六月上旬、妹の真由美と伊達先生と一緒にかいちゃんの所にいきました。お腹がだいぶ張っていてしんどそうに見えるのですが、不思議と本人は穏やかな状態だったのです。「来たよ。」と声をかけると、少し意識は朦朧としているものの、嬉しそうにしていました。真由美が声をかけるとまた嬉しそうにしていました。「調子はどう?」と声をかけると、「しんどい。」と言うのですが、今までからすると信じられないほど穏やかなのです。何しろこの状態になっても本人に聞くと「痛くはない。」「どこも痛くない。」としか言わないのです。神様がかいちゃんの心も身体もたましいも、しっかり御手を伸ばして守っておられるということをつくづく感じさせられました。

そして何より、この日心に残ったことは、帰り際にかいちゃんが私と真由美二人に言ったことばでした。「かいちゃんが、お姉ちゃんでよかったと思う?」

ちょっとこれを聞いて胸が熱くなりました。思えば三ヶ月ほど前、かいちゃんは自分の病気や孤独と戦うことで、妹二人のことを全く顧みることがなかったことを悔い改めていたことを思い出しました。あのとき「姉としては失格やった。本当にごめんなさい。」とかいちゃん自ら謝ってくれたのでした。でも考えてみれば、それももう過ぎ去ったことです。少なくともこの時、私たち三人姉妹はお互いが、お互いにかけがえのない姉妹の関係でいられることほど、喜ばしいことはありませんでした。この時はまさか三人でいることができる、これが最期の時だとは思わなかったのですが、こんなに三人でいることが至福に思える時を最後に用意して下さった神様の粋な計らいに心から感謝しました。

◎イエス様だけ見上げて

六月にはいって、更にかいちゃんは日に日に弱ってきているように見えました。にも関わらず、やはりいつ行っても少し息苦しいとは言うものの、「痛み」も「苦しみ」もないようなのです。このころかいちゃんにとって最も煩わしいことは、時々嫌なことをささやいてくる「悪魔」の声だったそうです。

六月十三日に伊達先生と一緒に施設に行きました。たずねると私たちの問いかけにもしっかりと答えていました。

しばらくするとかいちゃんが伊達先生に「伊達さん、しっかりしいや！」と言ったのです。なんだか、笑ってしまいました。後になって、かいちゃんは新谷くん（真由美の夫）にも数ヶ月ほど前に電話して「新谷くん、がんばりや。がんばらんとあかんで。」と言ったそうです。

後になって伊達先生はかいちゃんのことばについて、「かいちゃん、偉そうに言ってるつもりじゃなくて、心から『妹の貴子さんとその子どもたち、また教会の人たちのこと、あとお願いしますよ。』と言おうとしていたんだと思うよ。新谷くんにも『妹のこと、あとお願いしますよ。』と言う意味だったんじゃないかな。」と言われたのを聞いて、ことばに秘められたかいちゃんの家族への思いやりを感じました。

翌十四日施設に行くと、ヘルパーさんから「このところかいちゃんは夜寝苦しいようで、今後さらに痛みや苦しみも出てくるかもしれないから、ということで栗岡先生と相談し、痛み緩和のため睡眠導入剤を今晩投入してもらうことになりました。」と言われました。また、「明日からは、点滴によって睡眠導入剤を入れるよう準備しています。」とも言われましたが、いよいよかいちゃんももう限界なのかなと思うと、神様に祈っていたにもかかわらず、胸がいっぱいになり、別れの寂しさが込みあげてきました。

六月十五日のお昼前、施設に行ったとき、かいちゃんはベッドでなく、部屋の床面に直接マットを敷いてもらって寝ていました。前の晩かいちゃんが寝苦しかったようで、自分でベッドから下に降りていたそうです。それでヘルパーさんたちが、急場で部屋の床面に寝床を用意して下さったのでした。ヘルパーさんは血圧が測れなくなっているので、心拍がだいぶ弱ってきていると言われました。

かいちゃんに近づくと、「わーあ」とか「うーん」とか声を出していましたが、私が傍らにいることをかいちゃんは自分の目で何度も確認していました。私も仕事と施設と家の往復で疲れてしまい、かいちゃんの隣に布団を敷いて横になると、うとうととして少しの間寝たのですが、その間不思議なことにかいちゃんも静かにしていたのです。この日は嘔吐はとまっていたようですが、チューブには赤黒い血液が混じった胃液か体液のようなものが出ていました。でも私が帰ったあと、その日の午後にはかいちゃんはお風呂（ミスト浴）にも入れてもらって、気持ちいいと言っていたのだそうです。

翌六月十六日、私は朝六時ごろ目が覚めました。この日は聖日礼拝の日です。私はこのまま起きて、神様に賛美をささげました。心地よいのでそのままずうっと、一時間以上賛美し続けていたのです。

すると七時十五分ごろに電話が鳴りました。施設からでした。かいちゃんが呼吸していないとのことでした。すぐに伊達先生にもついてきてもらい、施設へ向かいました。

部屋に入ると、まるでかいちゃんはそこで寝ているかのように見えました。しかし、呼吸はとまっていました。当直のヘルパーさんによると、六時三十分ごろ各部屋の入所者の方々の様子を見に行かれたとき、かいちゃんの部屋のドアを開けて、ヘルパーさんが声をかけられると、「おはよう。」とかいちゃんが返事したそうです。しかし、その一時間後の七時二十分ごろもう一度、かいちゃんを起こしに行くと、返事がないので近づいてみると、すでに呼吸していなかったそうです。

（アメイジングラブチャーチ・伊達先生の回想）

崎さんは約一年近く前、末期がんと診断されていました。そのとおりならば、本来は半年も前に亡くなっていたはずです。また診断からすると、もっと激しい痛みを訴えたり、意識が混濁したり、吐血したりというようなことも、起こってもおかしくない状態だったのです。しかし、末期的な症状は最後まで全く見られなかったどころか、本当に穏やかな最期だったのは、奇蹟としか言いようがありません。

またそればかりでなく、明らかに崎さんは、救われて天国へ旅立ちました。神様の臨在によって﨑さんの顔は、つやつやしていて、この上ない平安に満ちた表情だったからです。また式の後の出棺時、﨑さんの口もとは閉じていたはずなのに、少し開いていたのです。まるで微笑んでいるかのような表情だったのです。

翌十七日に施設で身内を中心に葬儀を執り行いました。会は「旅立ちとお別れの会」と題しました。お父さんや貴子さんと子どもたち、真由美さんご家族、親戚の方も参列されました。本当に不思議な話なのですが、従来、涙もろい私は、式を執り行う者としてできるだけ感情に流されず最後まで行なおうと、心に決めていました。ところが、式が始まって賛美歌を歌い出すと私のお腹のほうから、喜びが湧きあがってくるのです。さらに傍らに眠っている﨑さんの顔を見ると、自分の感情と裏腹に喜びが湧きあがって、笑いそうになるのです。参列の方々はみな涙しているのに、すごく不思議な状況のなかで式をすることができました。またかいちゃんなら望んでいたであろう、救いについて、またイエス様について、皆さんに証しをし、話をすることができました。

かいちゃんは五十四年の地上の生涯を終えて、天の御国に旅立ちました。かいちゃんは今ごろ、天の御国で、病からも、孤独からも、恐れからも解放されて、イエス様からも言いようのない慰めをもらって、喜び踊っていることでしょう。そんなかいちゃんといつか必ず再会できる喜びと望みが私には確信としてあるのです。

さいごに〜かいちゃんが残したもの

姉は、立派に最期まで病気と闘いました。この地上で彼女は病を克服することはできませんでしたが、神様は姉を通して、さまざまな奇蹟や回復を私たちに見せてくださいました。また、彼女もそれ以上に大切なものをたくさん得ることができたのです。だから私たちは彼女が亡くなっても、悲しみと失意だけにうちのめされることはなかったのです。

姉に起こったさまざまな奇蹟や不思議をみなさんはただの偶然だと思われますか？　少なくとも、そばにいた私たちにはそうは思えないのです。むしろ、そうならないことを心から信じて祈ってきた結果だという確信があるのです。本作でも何度も言いましたが、彼女の人生は病気と孤独、そして悪魔（サタン）との霊的な戦いの連続でした。

でもその苦しみの日々をじっと見て、手を差し伸べておられた方がいたのです。それが私たちの**父なる神様**であり、神のひとり子**イエス・キリスト**だったのです。私たちを創造され、姉をも造られた神様は、彼女が人生でどれほど辛く苦しい思いを強いられてきたかを、誰よりもよくご存じでした。一方で、これ以上かいちゃんが人生でもう苦しむことがないように、「神様。かいちゃんが天に召される日まで、どうかもう苦しむこともなく、恐れることもなく、平安のうちに残りの時間を過ごせますように。」と私たちは教会の方々とずっと祈り続けてきました。神様は私たち弱い者、貧しい者の味方です。その神様がこの祈りを聞かれないはずがありません。それどころか、神様は祈りだけでなく、奇蹟や恵み、回復までも成就して下さったのです。

では姉がこのような人生で得たものがあったと思いますか。実は彼女はもっとも大切なものを得たのです。もっとも大切なものとは何でしょう。それは「**救い**」です。「**永遠の命**」です。これは人の努力や能力では得られません。なぜなら、命は神様から来るものだからです。私たちがこの世に生まれて来たのは、自分の意思でも、親の意思でもありません。命は、ただ神様によって賦与されたものなのです。

地上の命には限りがあります。みな地上の人生の終焉である「死」を迎えます。死ねば、私たちは神の前に出て、さばきを受けることになっているのです。そのときには誰一人さばきを免れることはできません。ではどうすればいいのでしょう。それは、神のひとり子イエス・キリストを信じることです。この方を信じることによってのみ、私たちは「死」によるさばきにあうことを免れるのです。この方は私たち人類のために人となられ、この世にお生まれになられ、最後は十字架にかかられ、自らの命を捨てられました。なぜそのようなことを引受けられたのでしょう。それは私たちの罪の身代わりとなるためだったのです。それゆえイエス・キリストを信じる者は誰でも「救い」を得ることができるのです。この方を信じる人はみな「永遠の命」を手に入れることができるのです。かつて姉も「死ぬこと」に恐怖を感じていました。しかし、実際、彼女は亡くなる前には「死ぬことなんか、もう恐くはない。」と言ったのです。なぜなら、彼女にとって「死」は全ての終わりではなく、新たな命の始まりだと知ったからなのです。

皆さん、神様はおられます。そして私たち人間は、地上でどれだけ多くのものを得たとしても、何一つもっていくことはできません。すべて手放さなければなりません。しかし、たった一つだけ持っていけるものがあるのです。

それが**「永遠の命」**なのです。これを持っている者だけが天の御国で生き続けることができるのです。どうか、一人でも多くの方が、**救い主イエス・キリスト**を信じて、これからの人生を歩まれることを望んでいます。

また姉はとても優しい心の持ち主でもありました。そのような闘病生活のなかで、自分となじように心の病に苦しむ人をいつも思いやっていました。実際に今の世の中には、姉と同じような病に苦しんでいるたくさんの方々がおられます。また心に病のある人が家族にいるという方々もたくさんおられると思います。そういう方々の中には私たちもそうだったように、誰にも相談できず、家に帰れば、逃れることのできない現実に神経をすり減らしながら、それでも向き合わざるを得ない状況の中、悶々と生きておられる人も少なくはないと思うのです。彼女が天に召されたいま、地上に残る私たちが姉の心を継いでいくべきだと思ったのです。そういった方々に少しでも寄り添えればと思い、全てをありのままに明らかにすることで、少しでもこの病について多くの人たちに理解や共感を得たいと切に願う次第です。

ありがとう！　アバ父よ。あなたの娘を私の姉として下さったことを、心から感謝いたします。

ありがとう！　イエス様。あなたの花嫁としてかいちゃんを召して下さったことを、心から感謝いたします。

最後にこの本の完成のためにご協力いただいた方、私が導かれたキリスト教会「アメイジング グラブチャーチ」の準牧師で、この本の執筆に貢献して下さった伊達弘幸先生、また、本の出版を後押しして下さった教会の皆さん、妹の真由美と夫の新谷くん、また常に神様の深いみこころをもって私たちを霊的に養ってくださった「第一キリスト教会」の牧師、金 宙完先生、また東大阪に出て来た姉をずうっと見守って下さった「青空ヘルパーステーション」代表の泉さん、サービス提供責任者の田淵さんと姉のところへ訪問介護に入ってくださったヘルパーの皆さん、そして最後の一年間天に召されるその日まで愛とまごころを持って姉をケアして下さった「しろばと緩和ケアホーム」の栗岡院長、管理者の三田村さんと職員の皆さん、また信仰の友として、姉にいつも寄り添って下さった森田さんと真由ちゃん。そして、この本の出版を引きうけてくださった「風詠社」さん。担当して下さった大杉さん。

姉、﨑 佳世子に代わって、心からの感謝とお礼を申し上げます。

そして最後に、私や姉をこの世から贖い、救い出し、永遠の命を得させて下さったすばらしいお方、私たちの主であられるイエス・キリストに心から感謝と賛美をお捧げ致します。

全ての栄光を、主イエス様と私たちの父なる神様にお返しいたします。イエス様ありがとう!!

著者略歴

住田　貴子（すみた・たかこ）

1968年、奈良市内で出生。県内の私立女子高等学校卒業。20歳のとき結婚。1男1女を授かる。2009年、41歳のときイエス・キリストと出会う。2010年、実姉の﨑 佳世子とともに洗礼を受ける。2011年、東大阪に住居を移す。アメイジングラブチャーチ教会員。現在、介護職員として働きながら教会の働きを支えている。

伊達　弘幸（だて・ひろゆき）

1962年、京都府大山崎町にて出生。大阪市立大学・法学部卒業。卒業後、NTTに勤務。その後、福祉関係の仕事に従事。1998年、37歳のときイエス・キリストと出会う。1999年受洗。2003年アンテオケ神学校卒業。ベタニヤチャーチスタッフとして働いた後、2006年伝道師任命。2008年から東大阪市長瀬にてアメイジングラブチャーチを設立。2020年同教会準牧師に任命。牧会と祈り、カウンセリングの働きをしている。

がんばったね！かいちゃん　心の病に勝利した彼女の生きた証し

2020年9月4日　第1刷発行

著　者　住田貴子・伊達弘幸

発行人　大杉　剛

発行所　株式会社 風詠社

〒553-0001　大阪市福島区海老江5-2-2

大拓ビル5-7階

TEL 06（6136）8657　https://fueisha.com/

発売元　株式会社 星雲社

（共同出版社・流通責任出版社）

〒112-0005　東京都文京区水道1-3-30

TEL 03（3868）3275

印刷・製本　シナノ印刷株式会社

ISBN978-4-434-27851-8 C0095